孟繁华　主编

年百部

篇正典

天狗 贾平凹

爸爸爸 韩少功

秋天的愤怒 张炜

北方联合出版传媒(集团)股份有限公司
春风文艺出版社
·沈 阳·

图书在版编目（CIP）数据

天狗 / 贾平凹著 . 爸爸爸 / 韩少功著 . 秋天的愤怒 /
张炜著 . 一沈阳：春风文艺出版社，2018.7
（2022.1重印）
（百年百部中篇正典 / 孟繁华主编）
ISBN 978 - 7 - 5313 - 5463 - 5

Ⅰ . ①天… ②爸… ③秋… Ⅱ. ①贾… ②韩… ③张
… Ⅲ . ①中篇小说 — 小说集 — 中国 — 当代 Ⅳ.
①I247.5

中国版本图书馆CIP数据核字（2018）第086888号

北方联合出版传媒（集团）股份有限公司
春风文艺出版社出版发行
http://www. chunfengwenyi. com
沈阳市和平区十一纬路25号 邮编：110003
北京一鑫印务有限责任公司印刷

选题策划：单瑛琪		责任编辑：刘 维	
封面设计：琥珀视觉		责任校对：陈 杰	
印制统筹：刘 成		幅面尺寸：145mm × 210mm	
字　　数：171千字		印　张：7	
版　　次：2018年7月第1版		印　次：2022年1月第4次	
书　　号：ISBN 978-7-5313-5463-5			
定　　价：34.00元			

百年中国文学的高端成就

——《百年百部中篇正典》序

孟繁华

从文体方面考察，百年来文学的高端成就是中篇小说。一方面这与百年文学传统有关。新文学的发轫，无论是1890年陈季同用法文创作的《黄衫客传奇》的发表，还是鲁迅1921年发表的《阿Q正传》，都是中篇小说，这是百年白话文学的一个传统。另一方面，进入新时期，在大型刊物推动下的中篇小说一直保持在一个相当高的水平上。因此，中篇小说是百年来中国文学最重要的文体。中篇小说创作积累了极为丰富的经验，它的容量和传达的社会与文学信息，使它具有极大的可读性；当社会转型、消费文化兴起之后，大型文学期刊顽强的文学坚持，使中篇小说生产与流播受到的冲击降低到最低限度。文体自身的优势和载体的相对稳定，以及作者、读者群体的相对稳定，都决定了中篇小说在消费主义时代能够获得绝处逢生的机缘。这也让中篇小说能够不追时尚、不赶风潮，以"守成"的文化姿态坚守最后的文学性成为可能。在这个意义上，中篇小说很像是一个当代文学的"活化石"。在这个前提下，中篇小说一直没有改变它文学性的基本性质。因此，百年来，中篇小说成为各种文学文体的中坚力量并塑造了自己纯粹的文学品质。中篇小说因此构成百年文学的奇特景观，使文学即便在惊慌失措的"文化乱世"中也取得了令人瞩目的艺术成就，这在百年中国的文化语境中不能不说是一个奇迹。作家在诚实地寻找文学性的同时，也没有影响他们对现实事务介入的诚恳和热情。无论如何，百年中篇小说代表了百年中国文学的高端水平，它所表达的不同阶段的理想、追求、焦虑、矛盾、彷徨和不确定性，都密切地联系着百年中国的社会生活和心理经验。于是，一个文体就这样和百年中国建立了如影随形的镜像关系。它的全部经验已经成为我们最重要的文学财富。

编选百年中篇小说选本，是我多年的一个愿望。我曾为此做了多年准备。这个选本2012年已经编好，其间辗转多家出版社，有的甚至申报了国家重点出版基金，但都未能实现。现在，春风文艺出版社接受并付诸出版，我的兴奋和感动可想而知。我要感谢单瑛琪社长和责任编辑姚宏越先生，与他们的合作是如此顺利和愉快。

入选的作品，在我看来无疑是百年中国最优秀的中篇小说。但"诗无达诂"，文学史家或选家一定有不同看法，这是非常正常的。感谢入选作家为中国文学付出的努力和带来的光荣。需要说明的是，由于版权和其他原因，部分重要或著名的中篇小说没有进入这个选本，这是非常遗憾的。可以弥补和自慰的是，这些作品在其他选本或该作家的文集中都可以读到。在做出说明的同时，我也理应向读者表达我的歉意。编选方面的各种问题和不足，也诚恳地希望听到批评指正。

是为序。

2017年10月20日于北京

目　录

天　狗……………………………贾平凹 / 001

爸 爸 爸……………………………韩少功 / 057

秋天的愤怒……………………………张　炜 / 099

天　狗

贾平凹

井

如果要做旅行家，什么茶饭皆能下咽，什么店铺皆能睡卧，又不怕蛇，不怕狼，有冒险的勇敢，可望沿丹江往东南，走四天，去看一处不规不则的堡子，了解堡子里一些不伦不类的人物，那趣味儿绝不会比游览任何名山胜地来得平淡。

《旅行指南》上常写：某某地"美丽富饶"。其实这是骗局，虽然动机良善可人。这一路的经验是，该词儿不能连缀在一起：美丽的地方，并不如何富饶，富饶的地方，又不见得怎么美丽，而美丽和富饶皆见之平平的，倒是最普遍的也是最真实可信的。这堡子的情形便是如此。

之所以称作堡不称作村，是因早年这一带土匪多，为避祸乱，孤零零雄踞在江边的土疙瘩塬上。人事沧桑，古堡围墙早就废了，堡门洞边的荒草里仅留有一碑，字迹斑驳，暮色里夕阳照着，看得清是"万夫莫开"四字。居家为二百余户，皆秦地祖籍，众宗广族却遗憾没有一个寺庙祠堂。虽然仍有一条街，商业经营乏于传统，故不逢集，一早一晚安安静静，倘有狗吠，则声巨如豹。堡子后是贯通东西的官道，现改作由省城去县城的公路，车辆有时在此停留，有时又不停留，权力完全由司机的一时兴致决定。

路北半里为虎山，无虎，石头巉巉。石头又不是能燃烧的煤，所生梢林全砍了做炭做柴，连树根也刨出来劈了，在冬天长夜里的火塘中燃烧。生生死死枯枯荣荣的是一种黄麦营的草，窝藏野兔，飞溅蚂蚱。七月的黄昏孩子们去捕捉，狼常会支着身子坐在某一处，样子极尽温柔，以为是狗，"哟，哟，哟"做唤狗的招呼，它就趋步而来；若立即看见那扫帚一般大的拖地长尾，喊一声："是狼！"这野兽一经识破，即撒腿逃去。

丹江依堡子南壁下哗哗地流，说来似乎荒唐，守着江，吃水却很艰难。挑水要从堡门洞处直下三百七十二个台阶，再走半里地的河滩。故一到落雨季节，家家屋檐下要摆木桶，瓷盆，叮叮当当，沉淀了清的人喝，浊的喂牛。于是这两年兴起打井，至少十丈深，多则三十丈。有井的人家辘轳吱扭扭搅动，没井的人家听着心里就空空地慌。

有井的都是富裕户。富裕的都是手艺人家，或者木匠，或者石匠。本来人和人差异是不大的，所以他们说不上是聪慧，也不能说是蠢笨，一切见之平平的堡子既没有得天独厚的条件发展经济，又没有财源茂盛通达四海的副业可做，身怀薄艺倒是个发家致富之道。打井，成了新兴的手艺人阶层的标志，是利市，是显富，是一项伟大的事业。

打井的李正由此应运，数年光景，竟成就了专有的手艺，为别人的富裕劳作而带来了自己的富裕，井把式日渐口大气粗，视自己的手艺如命符，又曾几何，故作高深，弥布神秘，宣布水井三不打：不请阴阳先生察看方位者不打；不是黄道吉日不打；茶饭不好、工钱低贱、小瞧打井把式的不打。俨然是受命于天，降恩泽世的真人一般神圣。

堡子里的人没有不对他热羡的，眼见着他打井如挖金窖，好多父母提了四色重礼，领着孩子拜师为徒，这把式，却断然拒绝。

"这饭不是什么人都可吃的！"

"孩子是笨，可下苦好。"

"这仅仅是下苦的事吗？"

把式说这话，拜师者就噎住了，再要乞求，把式就说一句"我家是有个五兴的"做结。五兴是把式的独子，现在还在上中学，那意思很明白，手艺是不外传的。

把式的女人看不惯把式这样不讲情面。男人可以在外一意孤行，女人则是屋里人，三百六十五天要和街坊邻居打交道，想得就周全，担心这家人缘会倒，每日用软言软语劝丈夫，也不同意五兴废了课业来"子袭父职"。劝说多了，把式就收了天狗做徒，但有言在先：只仅仅做下苦帮手，四六分钱，技术是不授的。

天狗是穷途末路之人，三十六岁，赚不来钱娶妻成家，拜人为师，自然言听计从。此角色白脸，发际高而额角饱满，平日无所事事，无人管束，就养有逮兔、钓鱼、玩蚂蚱的嗜好，天生的不该是农民的长相和德行，偏就做了万事不如人的农民。

六月初六，不翻历书也是个好日子，师徒二人往堡子东头胡家打井。头天晚上，女人就点了一支蜡烛在中堂，蜡烛燃尽，突又绣出一个小小的烛花胎柄，心里兴奋，清早送师徒出门，却又放心不下，叮咛一番，说话间，眼泪就扑簌簌流出来了。

天狗看见师娘落泪，心里就怦然作跳，默念这是一尊菩萨。三十六年来他虽是童男身子，什么事理心上却也知晓，明白这女人的眼泪一半为丈夫洒的，一半却是为他。师娘待他总是认作没有成人的人、一只小狗。他就圆满着师娘的看法，偏也就装出一脸混混沌沌天地不醒的憨相。

果然师娘说："天狗，你是'门槛年'呢……"

没事的，天狗说他腰里系有红裤带，百事无忌。"师傅是福人，跟了他天地神鬼不撞的。"

在胡家，师徒坐在土漆染过的八仙桌边，主人立即捧上茗茶，两人适意品尝，院子里的气氛就庄严起来。一位着黄袍的阴阳师，头戴纸帽，手端罗盘，双脚并着蹦跳，样子十分滑稽。天狗想笑，看师傅却一脸正经，笑声就化作痰咯出来。阴阳师定了方位，便口噙清水，噗地喷上柳叶刀刃，闭目念起"敕水咒"来。咒很长，主人在咒语的声乐里洒奠土地神位，师傅就直着身子过去，阴阳师问："有水没？"师傅答："有了水。"再问一句："什么水？"再答一句："长江水。"哐的一声，师傅的镢头在灰撒的十字线上挖出一坑。天狗寻思，堡子就在江边，什么地方挖不出水？！心里直想笑。

以十字灰线画出直径二尺的圆圈，挖出半人深，这叫起井，不能大，不能小，圆中见手艺，由师傅完成。完成了，师傅跳上来在躺椅上平身，喝茶吸烟，天狗就下去按师傅的尺码掘进。天狗手脚长，收缩得弓弓的，握一柄小镢，活动的余地太小，成百成千次用力使镢，很不得劲，是一项窝囊的劳作。越往深去，人越失去自由，像是一只已吐完丝的蚕，慢慢要将自身裹住气绝作蛹。下深到三丈五丈，世界为之黑暗，点一盏煤油灯在井壁窝里，天狗的眼睛渐渐变成猫的眼睛，瞳孔扩大，发绿的光色，后来就全凭着感觉活着。

洞上的院子里，许多四邻的人来看打井。把式交识的人广，就十分忙，忙着喝茶抽烟；忙着讲地里的粮食收得够吃，要感激风调雨顺，感激现今政府的现今政策；忙着论说水井的好处，哪个木匠的井是十五丈，哪个石匠的井是二十丈，滚珠轳辘，钢丝井绳；忙着和妇女说趣话，逗一位小妇人怀里的婴儿，夸道婴儿脸白目亮，博取小妇人的欢悦。总之，有天狗这个出苦力的徒弟，师傅的工作除去起井和收井的技术活外，井台上他是有极过剩的时间和热情来放纵得意的。

天狗在井洞里做死囚的生活，耳朵失去了用处，嘴巴失去了用处；为了不使自己变得麻木，脑子里便做各种虫鸟鸣叫的幻觉来享受。虫鸟给他唱着生命的歌，欢乐的歌，天狗才不感到寂寞和孤独。企望着师傅在井口唤他，上边的却并不体谅下边的，只是在井口忙着得意的营生。师傅待天狗不苟言笑，用得苦，天狗少不得骂师傅一句"魔王"。停下来歇歇，看头顶上是一个亮的圆片，太阳强烈的时分，光在激射，乍长乍短，有一柱直垂下来，细得像一根井绳，开狗看见许多细微的东西在那"绳"里活泼泼地飞。他真想抓着这"绳"也飞上去。天狗突然逮到了一种声音，就从地穴里叫道："五兴，五兴！"

五兴是从县城中学回来的。学校里要举办游泳比赛。这小子浮水好，却没有游泳裤衩，赶回来向爹讨要。打井的把式却将他骂了一顿，说要水还穿什么裤子，真是会想着法子花钱！"念不进书就回来打井挣钱！"五兴在娘面前可以逞能，单单怕爹。当下不作声，蹲在一边嘤嘤地哭。

天狗的声沉沉地从井洞里出来，把式就吼了一声："尿水子再流?!"自个下井去换徒弟，又嚷道井筒子不直。

天狗从井洞里出来，像一具四脚兽，一个丑八怪，一个从地狱里提审出的黑鬼。五兴一见他的样子，眼泪挂在腮上就笑了。

"五兴，你做什么哭，你是男子汉哩！"

"我爹不给我买裤衩，要我停学回来打井。"

"你爹是说气话呢。"

"爹说啥就是啥，他说过几次了。你给我爹说说，天狗哥。"

"叫我什么？我是你叔哩！"

五兴很别扭地叫了一声"天狗叔"。

大娃头满足地笑了。一抬头看见矮墙头的葫芦架上，跳上来一只绿翼蝈蝈，鼓动着触器咝咝地叫，一时旧瘾复发，蹑脚过去猛地捉了，给五兴玩去。把式的儿子也是顽皮伙里的领袖，抓逗蚂蚱、蝈蝈之类的班头，当下破涕为笑，回家向娘告老子的状去了。

师傅又爬出井，天狗又换下去。后来井口上就安了辘轳吊土。土是潮潮的，有着酸臭的汗味。天黑时分拉上一筐来，里面不是土，是天狗坐在筐里。一出来就闭了眼睛，大口吸着空气，赤赤的前胸陷进一个大坑，肋条历历可数。

一口井打过三天，师傅照样多在井上，而徒弟多在井下。师傅照样是忙，多了一层骂老婆和骂儿子的话。骂到难听处，胡家的媳妇说："让儿子念书到底是正事，韩玄子家两个儿子都写一笔好字，在县上干国家事哩。"把式说："念书也和这打井一样，好事是好事，可不是什么人都能干的。即使书念成了，有了国家事干，那三个月的工资倒没一个井钱多哩。"胡家媳妇说："那是长远事呀！"把式再说："有了手艺，还不是一辈子吃喝?!"说完就嘿嘿地笑，奚落那媳妇看不清当今社会的形势和堡子的实际。

胡家媳妇以和为贵，也不去论曲直是非，收拾好了井台，打出一桶清亮亮的水喝了半瓢，把一百二十元的工钱交给了李正，回转身看天狗，天狗却早走了。天狗听说五兴还没到学校去，就惦记着家里那几笼红脊背的蝈蝈，要拿给五兴显夸。

天狗的家门朝西，晚霞正照射在墙檐上。编织得玲珑精巧的六个蝈蝈笼——四个是竹篾的，两个是麦秆的——一起在黄昏的烦嚣里嘶鸣。天狗喜欢这类小生命，也精于饲养，没学打井之前，他干完地里活就在家闲得无事，口也寡淡，耳也寡淡，这蝈蝈之声就启示着他自得其乐的独身生活观念。如今打井归来，舒展展地在炕上伸一个硬挺，听一曲自然界的生命之音，便深感到很受活。这实在有诗的味道，可惜天狗文化太浅，并不知道诗为世间何物。

不用找，五兴倒寻上门了。这小子学习上不长进，玩起来倒会折腾，看见六个笼里的蝈蝈唱六部散曲，心热眼馋，忘记了自己的烦恼，竟将所有的蝈蝈集中到一个竹笼里，欣赏动物界的联合演出，果然就热闹非凡，声响比先前大了几倍。

"天狗叔，"徒弟的徒弟说，"这么多蝈蝈，你能说清哪一只是母的吗?"

天狗说："能的。"

"是哪一只？"

"你去取个镜子放在那里，跳上镜面的就是母的，其余的就是公的。"

五兴乐得直叫。这时节，就听得堡子的南头有人喊"五兴"，五兴才想起要执行的任务，说："天狗叔，我娘是让我来叫你吃饭的。"天狗说："你个要嘴的猴精，你娘哪里是在喊我？"五兴就急了，发咒说："谁哄你叫上不成学！"天狗就换了衣服跟着去了。

到了师傅的门口，那女人果然一见儿子就骂："牛吃草让羊去撑，羊也就不回来了？！"

天狗说："五兴就迷我那蝈蝈。"

女人拿指头点天狗的圆额角，说："你什么时候才活大呀，三十六的人了，跟娃娃伙玩那个！"

天狗在这女人面前，体会最深的是"骂是爱"三个字，自拜师在这家门下，关系一熟，就放肆，但这种放肆全在心上，表现出来却是温顺得如只猫儿，用手一扑索就四蹄儿卧倒。也似乎甘愿做她的孩子，有几分撒娇和腼腆，其实他比这菩萨仅仅小三岁。当下心里说："你怎么不给我物色一个呢，有了女人我就长大了。"

饭桌上，师傅吃得狼吞虎咽。这把式是硬汉子，在妻子、徒弟面前自尊自大，一边剥脱了上衣很响地嚼着菜，一边将桌上的两沓钱，一沓推给天狗，一沓推给女人，说："给，把这收下！"口气漫不经心，眉眼里却充满了了不起的神气。女人就把钱捏在手里。五兴给娘说："娘，这么多钱，给我买个游泳裤吧。"做老子的就瞪了眼："算了算了，指望你还能成龙变凤，你瞧瞧，天狗跟我三天，四十八元钱也就到手了。"女人叹了一口气，给儿子拨了一些菜，打发到院里去吃。

天狗觉得没了意思，饭也吃着不香，虚汗湿了满脸。女人让天狗把衫子脱了，天狗不肯，女人就说："这么热的天，是捂蛆呀？"硬要他脱下不可。

做丈夫的生了气，说："你这人才怪！不脱就不热唔，哪儿有你这样的人！"说罢也不看天狗。

女人尴尬，天狗更尴尬，三个人默默吃了一阵。女人真担心天狗要放下碗，就把菜往天狗的碗里拨，天狗忙起身说吃好了，和师傅说话。

"师傅，堡子南头来顺家的井几时去打呀？"

"人家没口信。"

"我夜里去问问。"

"罢了，他找上门再说。你回去，到时我来叫你。"

天狗起身走了，女人送到院门口，说："早早歇着。"天狗说："嗯。"女人又说："没事了，就过来坐。"天狗还是"嗯"。走出很远回头一看，女人还站在门口。

天狗回到家里，夜里没有睡稳。无论如何，他是很感激这一家人的。师傅给了他赚钱的出路，师傅的女人又给了他体贴。对于一个健全的男人，天狗不免常会想着世上女人的好处，但一切皆缥缈，是怎么个好，好到如何程度，他缺少活生生的感受。到了现在，天狗急切切需要一个女人在他身边了，虽然他已经过了生理最容易冲动的饥饿年龄。

人一旦被精神所驱使，就忘却饥饿，忘却寒暑，忘却疲劳和瞌睡。这时的天狗就达到了这种境界。他的心、脑、血液和四肢都不肯安静，就从屋里走出来，提了他的蝈蝈笼子，走到街上，要做一种是悠闲也是无聊的夜游。

街上站着许多人，清一色的妇女。妇女是这个堡子最辛劳的人，往往在服侍了男人和孩子睡眠之后，她们还要纺织浆洗，收拾柴火，或者去江边挑水。但现在好多人家有了水井用不着再去挑水。这些妇女手里又没有什么活计，却都拿了擀面杖往堡下的江边去。天狗猛地明醒了什么，拉住一个妇女问道："要月食了吗？"

回答是肯定的："可不，天狗要吞了月亮！"

"天狗吞月"，这在当今城镇里的人眼里，只不过是平淡无奇的天文现象，这堡子里的人也多少知晓。但是，传统的民间活动，已经超越了事件本身的范畴而成为一种象征的仪式。这一现象并未失去神秘的色彩，从上古的时候起，堡子里的人都认为天狗吞掉了月亮，出门在外的人就会遭到不吉。于是妇女们就要在月亮快被吞掉之时，以擀面杖去江水里搅动，唱一种歌子，一直到月亮的复出。如今堡子的男人已不再为躲债而背井离乡，也不再逃匪乱远走高飞，但手艺人皆纷纷出去挣钱，家里的女人照例很注重这一天晚上的活动。

天狗看见了几乎所有手艺人的女人。

"师娘也在这人群中间吗？"天狗想着，看着妇女走下堡子门洞，三百七十二个台阶上人影幢幢，天狗分辨不出。

门洞上的墙垣废了，荒草里有一块长条青石，天狗在上面坐下。三十六年前，堡子里一个男人出外逃丁，九月十二日夜正逢着今夜一样的月食，堡子里的活寡女人都去江边祈祷，那逃丁去了的妻子才到江边，肚子就剧疼，在沙滩上生下一个婴儿。这婴儿，就是现在的天狗。爹娘死后，差不多已经有了好多次月蚀出现，天狗每每看着女人的举动，只觉得好笑。今夜里，手艺人的女人们又去江边祈祷，保佑丈夫吉祥，已经做了打井徒弟的天狗，陡然间一种伤感袭上心头。

他死眼儿看着月亮。

月亮还是满满圆圆。月亮是天上的玉盘，是夜的眼，是一张丰盈多情的女人的脸。天狗突然想起了他心中的那个菩萨。

江边倏忽唱起了一种歌声。歌声是低沉的，不易听清每一句的词儿，却音律美妙。天狗觉得这歌声是从天上降下来的，从水皮子上走过来的，心中好笑的念头消失去，充满了神圣的庄严的庙堂气氛。月亮开始慢慢地蚀亏，然后天地间光亮暗淡，以致完全坠入黑暗的深渊，唯有古老的乞月的歌声，和着江水缓缓地流。

天狗默默地坐在石条上，闭住了呼吸，笼子里的蝈蝈也停止了清音。

一个人，站在了门洞下的石阶上，因为月亮的消失，她看不清走到江边的路；天狗也认不清迷失了路途的人的面目。这人在轻轻地唱着：

> 天上的月儿一面锣哟，
> 锣里坐了个女嫦娥，
> 有你看得清世上路哟，
> 没你掉进了老鸦窝，
> 天狗瞎家伙哟。

声调是那么柔润，从天狗的心上电一般酥酥通过。当她第二遍唱到"没你掉进了老鸦窝"，夜空里果然再不黑得浓重，明明亮亮的月亮又露出了一角，那人就轻轻地笑了一下。

　　"师娘!"天狗看清了这女人，颤颤地叫了一声。女人似乎吃了一惊，抬头看见了天狗，说："天狗，你怎么在这儿?"

　　"我来看你乞月的。"天狗也学会了说巧话，说过倒慌了，补一句，"师娘，你唱得中听哩!"女人骂道："天狗，你别说傻话!"

　　天狗看见这女人有些愠怒，而且还要再往江边去，就说："师娘，月亮已经出来了，你还去吗?"女人迟钝地站住了。

　　江边的歌声渐渐大起来，台阶上的女人又和着那歌声反复唱，天狗一时便觉得女人很美。今夜心里太受活，见了师娘越发不能自控，竟使起小小的聪明，认为这些女人万不该到江边水里去乞月看月出，手艺人家里都打了新井的，井水里看月复出，那不是更有意思吗? 也就接口唱道：

　　　　天上的月儿一面锣哟，
　　　　锣里坐了个女嫦娥，
　　　　天狗不是瞎家伙哟，
　　　　井里他把月藏着，
　　　　井有多深你问我哟。

　　台阶上的那个就不唱了，说："天狗，天狗，你要烂舌头的!"石条上的说："师娘，我也需要一个月亮呢。"下边的那个就走上来，站在石条边："天狗，你可不敢胡唱，这是什么时候？你没有月亮我知道，我就是来给你师傅求的，也是给你求的。"天狗说："师娘说的可是真话？"女人说："说假话，让天狗把我也吞了！"说天上的天狗却与地上的天狗名字同了，女人觉得失口，不自在地说："我都急糊涂了！"

天狗却冲动得完全忘却了在这女人面前的腼腆，又唱道：

> 天上的月儿一面锣哟，
> 锣里坐了个女嫦娥，
> 天狗心昏才吞月哟，
> 心照明了好受活，
> 天狗他没罪过哟。

"天狗，你是疯了？"

"师娘说天狗疯了，天狗就疯了！"

女人立时正经起来，不理天狗，天狗就软了，恢复了驯服腼腆的样子。女人见天狗老实了，就把一些重要事托付给他。

"天狗，你师傅近日有些异样了。"

"怎么个异样？为甚事吗？"

"他心重得很。先前没钱，钱支配着他，现在有钱了，钱还是支配着他。夜里回家常唠叨，挣上九十九，还要想法儿借一个，凑个整数，就嚷道不让五兴念书……你是他徒弟，你也好好劝说劝说你师傅。"

"五兴的游泳裤还没买吗？他已经几天没去学校了？"

"没有。五兴刚才睡时还在哭，你师傅又骂了他一顿。"

"我给师傅说说。"

"你快回去歇着吧，打了几天井，也不乏？月亮已经圆了，我要走了。"

女人说罢，悄没声地走了，她汇在了江边乞月归来的妇人群里，不可辨认了。街道上一阵人声嘈乱后，堡子里又沉沉静静。天狗并没有听从师娘的话，他不回去，守着那天上的月亮，慢慢地在长条石上睡着了。

菩萨脸一样的月亮照着。笼子里的蝈蝈得了夜的潮润，鸣叫清音，天狗没有听到。

黄 麦 菅

"五兴，五兴!"

天狗一上堡子门洞，就看见五兴在前面街道上走，走得懒懒的，叫一声，这孩子瞥见是天狗，竟不作答，转身钻到小巷去再不出来。天狗觉得奇怪，偏是个好事的鬼头，追进巷里，五兴面壁而站，拿指甲画墙。

"五兴，犯什么病，叔叫你也不理!"天狗拿手去扳五兴的头，五兴却把天狗的手推开，说："天狗叔，你不要叫我，叫我我就要哭哩!"天狗就笑了："你这没出息的男子汉，还是为你爹不给买游泳裤生气吗？你瞧瞧，叔拿的什么?"天狗手里亮的是一件艳红的游泳裤。

五兴却并不显得激动，抬脚就走，天狗一把扯住，知道一定有了什么事故，连声追问。五兴说："这裤衩用不着了，我爹让我打井哩。"

天狗听了，就给五兴道着不是，怨怪自己还没有来得及完成师娘的重托，这井把式就专横独断了。"五兴，我给师傅说去，我和他打井能忙得过来，用不着叫你回来！"

五兴说："我爹不会见你。"

天狗说："这你甭管，师傅在家吗？"

五兴说："爹不让我说给你。"

五兴虽小，却有他娘的德行，看着天狗，眼泪就流下来，天狗骂他"流尿水儿"。这孩子却说："天狗叔，你以后还让我去你家玩蝈蝈吗？"天狗点了点头，取笑这小东西尽说多余话。五兴却跑出巷再喊也不回头了。

天狗一脸疑惑，来到师傅的家门口，菩萨女人脸色有些浮肿，出来招呼他，当下心里着实慌了。说起五兴的事，女人长长出一口气，一脸苦相。

"师傅呢，他怎么真的就不让五兴念书了？"

"他在来顺家打井，一早就走了。"

"师傅不是说要等来顺家请吗？"

"…………"

"怎么没给我吭一声？"

女人看着天狗，说："天狗，你一点儿还不知道？"

"出了什么事？"

"他现在不是你的师傅了。他说他好不容易学了打井这手艺，不愿意让外人和他在一个碗里扒饭，要挣囫囵钱，就让五兴替了你……"

"这是真的？"

女人说："……昨日一早到今天，我就盼着你来，又害怕你来……"

天狗站在那里没有说话。他的眼睛避开了女人的脸，从口袋里摸出烟来点上，发现太阳光的照射下，落在地上的烟缕竟红得像蚯蚓的血。

矮墙那边的邻家院子，媳妇在井上吊水，辘轳把儿发出吱扭扭的呻吟。

"你把那裤子退了吧，天狗，你也再不要来见他，你墙高的大人，有志气，也不是离了他就没得吃喝的……"

天狗看着女人的痛苦，反倒不感到自己受了什么沉重的打击，越发懂得了这女人的好心肠，就沉沉静静地对女人笑笑，说："师娘，这没啥，师傅这么做，我想得开，我不恨他。他毕竟还领了我一年时间。现在我要离开他了，只是担心让五兴停学去打井，这终不是妥事。五兴还小，总恋着这裤子，就留给他，我还是要常常来这边呢。"

女人很感激地送天狗出来，过门槛的时候，掉了几滴眼泪。槐树上的一只鹁鸽在叫，女人说："天狗，这鸟儿叫得真晦气，你将它撵了去。"天狗最后一次听师娘的吩咐，一石子将鹁鸽打飞了。鹁鸽飞在他头上的时候，撒下一粒屎来，落在他的肩上。女人一边替他拍去，一边说："你再找找别的什么事干干，男子汉要有志气，要发狠地挣钱，几时有了钱物色了女的了，过来给我说一句，我给你料理。"

天狗苦笑笑就走了，但他并没有回去，却极快地走过了街道；他害怕街道上的人看出他的异样，信步出了堡子，一直上了后山，睡倒在密密的黄麦菅草丛里。天狗长久地不动，想心思。

山梁上有割草的人，拉长着声调在唱花鼓：

出门一把锁喂，

进门一把火喂，

单身汉子我好不下作喂。

床上摸一摸嘞，

摸出个老鼠窝嘞，

单身汉子我好不下作嘞。

锅洞里捅一捅哟，

捅出个大长虫哟，

单身汉子我有谁心疼哟。

　　天狗想，这单身汉子真恓惶，我天狗离了师傅，没有了惦我牵我的师娘；先前也是糊糊涂涂过了，好容易得到了一点儿女人的疼怜，又从此失去，往后的日子怎么过呢？

　　山坡上起了风，风在草丛里旋转，天狗被黄麦菅埋着。草原来并不纷乱，根根纵横却来路清楚，像织就的一张网，网朝下是套住了他天狗，网朝上又套住了天。黄麦菅在风里全部倒伏之后，天狗就显现出来，他又在作想："钱真是个坏东西，没它的时候，它让人狼狈不堪；有了它，它又这么无情地害人。"想着，心里闷闷的，天狗不是有愁睡不着的人，恰巧相反，越愁闷越瞌睡，竟睡着了。

　　远处的天边有了沉沉的雷声。

　　但雨并没有落下来，天狗一觉醒来，听见了一片快乐的清音。原来，他的腿上、胳膊上、整个胸膛上，爬满了绿翼红肚的蝈蝈。蝈蝈是不生分他的，顺手捉了几只，装在口袋里。天狗静静立了一会儿，突然获得了一种豁达的心境，就自己给自己那么笑笑，完全又是一个往日的天狗了。

在天狗的屋子里，天狗是不缺吃的，也不缺喝的，他只是缺钱没能娶个女人。天狗虽然没读过小说，但小说作者编造的那些故事，也有些能在天狗的生活里发生。比如，当他在蚊帐里躺着，喷出一口烟去，蚊帐顶上的蚊子在烟里翻动，天狗也会把蚊子看作仙鹤，消受那翩翩飞翔的乐趣。这时候，他就想起许多事，甚至骂过师傅，虽然师傅已不是他的师傅，但天狗惦念的却是师娘。故隔三隔四，天狗仍要去那个家的。

天狗有一件宝贝越来越不能离身，这就是蝈蝈笼子。每每一到这家门口，就戳弄得蝈蝈咝咝地叫，喊"五兴，五兴"。喊的是"五兴"，跑出来的却是另一个人。

"天狗，又是什么好蝈蝈?"

"师娘又忙甚事了?"

师娘说："天狗，玩蝈蝈可不是大人的事，你不会干点儿别的赚钱营生吗?"

天狗又总是腼腆地笑笑，心里却说："蝈蝈不是大人玩的，有做了孩子娘的却爱看嘛!"

"师娘，你要我干什么营生呢?"

"你是男人，你倒问我?! 你攒不下钱，就是攒下了，这么浪荡上了心，看哪个女的嫁你，女人最小瞧浪子呢!"

这话说得正经八百，天狗就不言语了。

天狗十天里再没到师傅家来。他睡在自家的土炕上，百无聊赖，唱堡子里流传了几代的一首情歌:

庭当门上一树椒吨，
繁得股股儿弯了腰，
我去摘花椒。

长棍短棍打不到吨，
脱了草鞋上树摇，
刺把脚扎了。

叫声姐儿来把刺挑吨，
狠心的拿来锥子刨，
实实痛死了。

　　这歌子不能说是给师娘唱的，但也不能说不是给师娘唱的，反正天狗下了决心，要正经地干一样营生。他去拜木匠为师，木匠拒绝了；去拜泥瓦匠，泥瓦匠也不收他。匠人们有自己的儿子和女婿。在现今的农村，他们要保护和巩固他们自家长久得以富裕的手艺。于是，天狗索性带了全部积存，上省城去了。

　　在堡子里，天狗是能人，能说能道能玩；到城里，天狗则不行。街道宽宽的，天狗却贴墙根走，街上谁也不认识他，他也眼睛羞羞的不敢看别人。师娘老说他是白脸子，在这里，天狗的脸就算不得白了。在城里人的眼光里，天狗是个十足的"家娃"。

　　当然，这一切袭来的惊恐和羞耻，主要来自他天狗自身。他也意识到了自己来到这个地方，首要的是自己得战胜自己。天狗可不是一名哲人，这种思考却大有哲学意味。

"城里的女人都是仙人。"天狗夜里睡在旅馆，脑子里充满了白天的见闻。"师娘才是一个女人。"这鬼念头一占据头脑，天狗就有天狗的逻辑。"仙人是在天上的，供人敬的拜的，女人才是地上的，是水，是空气，是五谷粮食。"天狗需要的是师娘这样的女人。

那一张菩萨脸是他心上的月亮，他走到哪里，月亮就一直照着他。第三天里，他看见许多人都在一家商店抢购一种衬衣，衬衣极其便宜，他便想到若买一批回去，一件加两元钱，堡子里的人也会一抢而空。天狗凭着山里人的力气，挤到了柜台前，但掏钱的时候，才发现钱被人偷去了。

天狗痴了，坐在车站独自流泪。无钱做营生，无钱买返回的车票，而且肚子饥得前腔贴了后腔。饥不择食，天狗沦落到去附近的食堂吃人剩饭。食堂服务员恶语相赶，他道了原委，一个女服务员才同情了他。

"那你怎么回去呀？"

"我不知道。"

"你愿意在这里帮忙刷碗吗？一天付你两元钱。"

天狗的命好，又遇到个菩萨女人，他于是做了临时工。

天狗干活是不偷懒的。但刷洗用的是抹布，连个刷子也没有。问起女服务员，回答说，城里什么都有，就是缺这玩意儿。天狗就笑笑，认为城里还是有不如山里的地方——那堡子后边的山上，满是黄麦菅草，将草根扎成一束，他们世世代代就用它刷洗锅碗。但天狗没说出口，怕人家笑话。夜晚，食堂关门，别人下班，天狗就睡在车站候车室椅子上。

这天食堂关门之前，天狗以挣得的钱买了酒喝，喝醉了，趴在桌上成了烂泥。店里的人都怨怪这山里人。那女服务员则一一劝说，末了一个人守着店门等他醒来，因为让一个临时帮小工的夜宿店里，店规是不允许的。

天狗醒来，已是半夜，他已躺在了三个长凳拼成的床上，床边坐着一个娇小的女人。

"师娘!"天狗叫。

"还没醒吗，又说醉话!"

天狗立即就全醒了，从床上坐起来，悔恨交加，不敢看女服务员。

"这下醒了吗?"

"真对不住你……"

"醒了就好，你到候车室去吧，我也该回去了。"

女服务员锁了门，对于她的温柔、宽容、同情，天狗非常感激，同时，也只感到自己作为一个男子汉的无能、龌龊、羞耻。

"我明日该回去了。"天狗说。

"车钱够了吗?"

"够了。"

"回去也好，你往后寻个事干吧，喝什么酒呢? 你走吧。"

天狗却并没有走，木木讷讷地要说什么，却说不出来。天狗突然拙口了。女服务员已经走远，他才发急地叫了一声："我还想来的!"女服务员回头说："还来?"他说："你不是说城里缺锅刷吗? 我们那儿满山都是黄麦菅，用根做刷子好使着哩，我回去做一担来卖，行吗?"女服务员眼里放光了："这倒是门路，光城里的饭店就需要得多了，天狗寻着钱路啦。"

天狗回到堡子，当真就在后山上挖黄麦菅。山上的草窝是养天狗的心的，他可以打滚，可以赤着身子唱，还有在他身前身后飞溅鸣叫的蚂蚱、蝈蝈。

一担刷子，果然在城里卖了好价钱，城里人不知这是什么原料做的，问天狗，天狗不说。再一次回到堡子，又是在后山上刨草根。

山上来了好多孩子捉蝈蝈，五兴也来了，他当了小小的手艺人，说："天狗叔，你好久不去我家了。""我进城了。""进城要花钱，你有钱了？""我也是手艺人。""什么手艺？""编刷子。一个卖一角钱。""天狗叔有钱了，就不到我家去了。"

天狗听了，心里就隐隐作痛，问道："五兴，你娘好吗？"五兴没听见，跑到一座坟头上嚷叫发现了一只红蝈蝈。

天狗突然很想五兴的娘，是这菩萨的话，才促使他天狗到城里寻了活路。当他再一次从城里返回时，就去了师傅家。

井把式并没有不好意思，因为天狗现在也是手艺人了，也挣了钱，做师傅的心里也就不存在内疚不内疚。女人是喜欢的，多少显出些轻狂，待天狗如贵宾，吃罢饭锅也不洗，坐在炕沿上和天狗说话："天狗，城里是什么鬼地方，烂草根也能卖了钱！"

"师娘，明日你也去刨黄麦菅根吧。"

"我的爷，你好不容易寻了一个钱缝，我就挤一条腿去？"

"山上有的是草，城里需要得又多，我还怕你夺了我的饭碗？"

把式脸上就不自在了，喊五兴去打井水给他擦身，五兴趴在炕上正看一本书，听见了装着不理会。天狗说："师傅，五兴这孩子是个慧种，我还是我那老话，让他去念书的好。"

把式说："已经停学这段时间了，还念什么书？你瞧瞧，你现在也成了手艺人，钱挣那么多，我父子俩怕也顶不住你，还敢剩下我一个人？"

女人见天狗也说不通男人，就问城里的孩子都干什么，末了说："五兴脑子是灵，只是有些慌，孩子或许将来能干个大事，现在只好在地里打窟窿了。"

把式是听不得作践打井手艺的，何况在一个新发财的外人，自己原先的徒弟面前，就骂女人："打窟窿咋啦，就这打窟窿可以打一辈子，是给五兴留的铁打一样的饭碗！"骂过了，不屑地对天狗说："天狗，你说是不？我这手艺长久，还是你那生意可靠？"

天狗说："当然师傅的长久，我这是抓个便宜现钱。可我也是没了办法，要是我天狗有文化，我肯定去育蘑菇了。你听说过吗，东寨子的王家育鲜蘑菇，存了三万元了。人家就是高中生，他弟弟又是医学院毕业的，提供技术，搞的是科学研究哩。"

井把式就不再吱声，吸了一阵烟，圪蹴到院中的捶布石上想心事去了。

女人极快地给天狗挤挤眼，天狗懂得这女人眼里的话，也就到院里，把五兴叫出，说："五兴，你说想上学还是不想上学？"五兴说："想。"井把式却冷冷地说："我知道了。你去吧，咱家的井水浅了，下去淘一淘，淘出沙我在井上吊，水不到腿根，你不要上来。"

女人的脸都变了颜色，说："你是疯了，他一个人能淘了井？"井把式瞪了一眼，只是对五兴说："下去！"五兴不敢不下去。

这家人地处居高，井是深到二十米才见水的，固井底是响沙石，水浸沙涌，水就不比先前旺。五兴脱了衣服，只留下裤衩，手脚分开，沿湿漉漉的井壁台窝下去，就像被吞食在一个巨兽的口里。三个大人站在井台，望着那地穴中的一潭水亮，看黑蜘蛛一般的孩子站在水里，一切都处于幽幽的神秘中。水声，吭哧声，即从那里传上来。

辘轳将井绳垂下去，拉得直直的，它在颤抖中变硬，井把式把一筐沙石吊上来，井绳再垂下去。一筐，两筐……十筐，二十筐。井下的喊："爹，有一块大石头。"井上的说："淘出来！""石头太大，我装不到筐里。""装不进也要装！""爹，我手撞破了。""手离心远着哩。"井上的还说："好好淘，把嘴闭上！""我闭上了。""闭上了还说话?!"

做娘的不忍心了，扳住辘轳说："你要失塌了五兴?"男人把她推开了。

井台边已吊上了老大一堆沙石，把式的腿也站酸了，胳膊摇辘轳也乏了，坐下来吸烟。五兴还在井下干着，井壁上一块沙土掉下去，正好砸在他的腿上，五兴终于受不了，在下边呜呜地哭起来。天狗说："师傅，让我下去淘吧?"把式没言语，黑封了脸，让五兴上来。上来的五兴成了怪胎，坐在那里是一丘泥堆。

井把式说："五兴，知道了吧，打井不是容易的事，你要念书，你就去把墨水狠狠往肚里倒，若念不好，你就一辈子吃这碗饭！"

女人背过身抹了眼里的泪水，就钻进厦房的锅台上去刷碗。刚跨进那门槛，就听她锐声喊天狗来厦房地窖里舀苞谷酒。天狗跑进去，见女人满脸生辉，就说："要喝庆贺酒啦，是谢师傅，还是谢我?"女人说:"你说呢?"天狗揭了窖盖,要下去了,女人点着灯交给他,说:"你瞧瞧,你这师傅,要说坏他也坏,要说好他也好。"天狗说:"师傅是坏好人。"一缩身,钻进窖里去了。

秋 天

九月三日,是天狗的生日。天狗属鼠,十二属相之首。三十六岁的门槛年里,却仍是一种忌讳影子般摆脱不掉,干什么事都提心吊胆。

去年的九月三日前几天,大姨就早早提醒着他。

说起来,天狗在这事上够可怜的。王家的里亲外戚,人口不旺,正人也不多,爹娘下世后,大半就断绝了来往;小半的偶有走动,乜下眼看天狗不是个能成的人物,情义上也淡得如水。他是舅家门上最大的外甥,舅死的时候,他哭得最伤心,可给舅写铭旌,做第一外甥的天狗,名字却排不上。已经死去的三姨的儿子在县银行当主任,有头有脸有妻有子,竟替换了天狗,天狗那时很生气:人没了本事,辈数也就低了?于是又跪倒在舅的坟前哭了一场,从此只和大姨感情笃。

大姨是天狗娘的姊妹里唯一幸存者,该老的人了,没老,她说是"牵挂天狗"的原因。牵挂天狗,最牵挂的是天狗的婚姻。眼看着天狗三十五岁上婚姻未动,就更恐慌三十六岁这门槛年,便反复叮咛这一年事事小心,时时小心。并一定要天狗在生日这天大过,以喜冲凶,消灾免祸。

给天狗过生日的,不是别人,却是师娘。她前三天就不让师徒二人去打井,九月初三里七碟子八碗摆了酒席。席间,大姨从江对岸过来。她先去天狗家里未找到天狗,来这里看着席面,倒说了许多感恩戴德的话。当时就将所带的挂面、面鱼放在柜上，又将一件衫子、一个红绸肚兜，一条红裤带交给天狗。这种以婴儿过岁的讲究对待三十六岁的天狗，天狗当场就笑得没死没活。大姨一走，他就要将这些东西让给五兴，师娘恼了脸，非叫他穿上不可。那神色是严肃的，天狗就遵命了。

现在，危险的一年即将完结，大姨又从江对岸过来，见天狗四肢强健，气血红润，念佛一般喜欢，说：“看来你是个命壮的人，门槛年里没出大事，往后就更好了。”大姨说到快活处，就唠叨这王家总算没有灭绝，想起早死的姊妹，眼圈就红了。

“天狗，生日一过，就要动动你的婚姻了。阎王留姨在人世，姨不看着你成亲，姨就不得死去。你给姨说，这一年里，还没有物色着一个吗？”

天狗说：“没有。”

姨说：“姨给你瞅下了一个，是个二婚，人倒体体面面，又带一个三岁娃娃，是春天离的婚，不知你可中意？”

天狗说：“姨也糊涂了！我还见都没见过这人，怎么好说愿意不愿意？”

姨说：“那你说说，你要啥样女人？”

天狗支吾了半天，还是说不出口。姨就拧了他的耳朵：“这羞什么口。三十六七的人了，提说女人还脸红，心窍不开！”天狗在心里直笑大姨，天狗有什么不知道的！但听了大姨的话，却越发做出不好意思的样子，表明天狗是心实的人。不想弄巧成拙，大姨倒长吁短叹，再不问他。天狗终于耐不住了，说：“姨，有五兴娘好吗？”说完就屏住了气。

大姨说：“没五兴娘的性儿软，却比五兴娘要年轻呢。天狗，你不懂女人，栽红薯要越大越好，讨女人是越小的越金贵哩。"

天狗做出没听懂的样子。

大姨就扳过天狗的肩，发现肩背的衣服裂了一个口子，拿针缝着，说："那寡妇有个娃，有娃也好，不是亲养的也不见得对咱不孝。我对那寡妇提说了你，人家倒愿意，只是说她娘家有个老娘和一个小兄弟，平日靠她养活，她要再嫁，得给娘家出些钱。你现在手里攒了多少？"天狗说："有三百。"大姨说："那是老虎嘴里的一个蝇子！你还要好好攒钱哩。"天狗心就凉了，说："既是这样，也就算了。"大姨倚老卖老，说："算什么着？这事你要不失主意！你是不吃糖不知糖甜，女人好处多哩，白日给你做饭，夜里给你暖脚，给你做伴说话，生儿育女，你敢再打马虎？几时我来领你去相看人家，把人先定下，钱你慢慢攒。"

三天后，天狗去见了那寡妇，人虽不是大姨说的光彩照人，却也整头平脸。回来将这事说给五兴娘，菩萨欢喜异常，说："这总算有了着落，天狗，你咬着牙，这几个月多出些力，手头把自己吃喝刻苦些，好生攒钱。"天狗说："那女的就是心太重，她不是为着找男人，倒是寻债主的。"女人说："唉，做妇道的就是眼窝浅；可也难怪，啥事妇道人家都得前前后后地想得实在啊。"天狗说："师娘就不是这样！"师娘就笑了，骂一声"天狗贫嘴"。天狗是贫嘴，天狗不会文绉绉说甜蜜话，冷丁就冒一句"酸话"，冒过了龇着白厉厉的牙笑。天狗又说："我跟她怎么总热火不起来？"女人瞧他说得认真，用白眼窝瞪着天狗："你嫌人家是寡妇？""这我倒不嫌弃。师娘，就是有比她再大的，只要人好，我还愿意哩！"话一出口，女人变了脸，天狗也觉得说漏了，两个人很是一阵别扭。女人就说她要去后山割黄麦菅晒柴，天狗也便起身走了。

临出门，女人叫住天狗，说："天狗，夜里你擦黑就来，我给你擀长面吃。"

天狗说："哟，日子真是过富裕了，晚上也吃长面？"

女人说："不光长面，还有红鸡蛋呢！你想想，明日是什么日子？"

天狗猛地记起明日是自己的生日，脸就红了，说："师娘，我天狗没爹没娘，只有你记着我的生日，天狗不知怎么谢你呢！"

女人说："瞧瞧，贫嘴又来了，天狗学会了不实在！"

天狗说："我说的没一句不是心上来的。师娘，只要有你这一句话，天狗什么都够了。天狗能活九十九！至于过生日嘛，我看算了，现在既然已经不是师傅的徒弟了，还要你操心？"

女人说："哟，媳妇八字还没一撇，就跟我说起外人话来了？怕也是我给你过的最后一个生日，等你成了家，明年我清清净净去你家吃那妹子擀的长面哩！今日无论如何要来，门槛年完了，也给你贺一贺！"

女人说着，眼里就媚媚地动人。没出息的天狗最爱见这眼光，也最害怕，他是一块冰做的，光一照就要化水儿了。

天狗回到家里，情绪很高。在屋檐下站着看了一阵嘶鸣的蝈蝈，就想着师娘的许多善良。想到热处，心里说，这女人必是菩萨托生，每个人来到世上都是有作用的，木匠的作用于木，石匠的作用于石；他师傅生来是作用于井，我天狗生来是作用于黄麦营，而这女人则是为了美，为了善，恩泽这个社会而生的。天狗如此一番的见地，自己觉得很满意。忽然又想，菩萨现时要到山后去割草晒柴，那么细脚嫩手的人，能割倒多少柴火，我怎么不去帮她? 就拿了镰往后山走去。

后山上的草遍地皆是，将近深秋，草叶全黄了。黄麦菅一成熟，就变得僵硬，黄里又透了金的重色，风里沙沙沙作响。天狗站在草丛中，四面看看，却没见那女人出现，就弯腰砍割了一气，把三个草捆子扎起来立栽在那里了。他想等女人走来，出其不意地从草捆后冒出来，吓一吓她。

可是菩萨没有来。

天狗就拿了镰，走到一个洼子里的小泉边磨。水浅浅的，冲动着泉边的小草颤颤地抖，几只蚰蜒八脚分开划在水面，天狗的手已经接近了，它们还沉着稳健不动，但才要去捉，它们却影子一般倏忽而去。天狗用镰在水里砍了几砍，就倒在泉边的草窝里。看着一面干干净净的天，想着丹江对岸那个白脸子小寡妇，想着耷着奶子正在家擀长寿面的菩萨，心里就又一阵美，像是坐了金銮殿充皇帝老儿。天狗这些年里有了爱唱的德行，这阵心里便涌涌地想唱，便唱了：

想姐想得不耐烦哪，
四两灯草也难担哪，
隔墙听见姐说话吔，
我一连能翻九重山哪。

天狗唱完，兴致未尽，就又作想：这歌声谁能听到? 于是就想起另一位，拟着口气唱道：

郎在对门喊山歌，

姐在房中织绫罗，

我把你发瘟死的早不死的唱得这样好哟，

唱得奴家脚跛腿软腿软脚跛，

踩不动云板听山歌。

唱过了，天狗也累了，一边拿眼看山下的路。路上果然跑上来一个人，天狗认出那是师娘，偏不起身，只是拿歌子牵她过来。那女人也就发现了他，立着大喊："天狗，天狗！"

声音有些异样，天狗就站起来了。

女人也看见了天狗，就用哭腔喊叫："天狗，快来呀，你师傅出事啦！"

天狗立时停了歌声，也停了笑，拔脚跑下去，女人说："你怎么到山上来了，到处找不着你！你师傅打井，井塌了，一块大石头把他压在下边，人都没办法救，你是打过井的，你快去救他啊，他毕竟做过你的师傅，天狗！"

天狗的血轰地上了头，扭身往堡子跑。女人却瘫在地上不能起来，天狗又过来架着她，飞一样到了刘家。刘家的院子里拥满了人。原来井打到二十五丈，出现一块巨石，师傅用凿子凿了眼，装炸药炸了。二次返下井去，石头是裂了，却掏不出那一块大的，便从旁边挖土，土挖开了，只说那石头还是不动，就在下边用撬杠撬，不想石头塌下去，将他半个身子压住了。井上的人都慌了，下去又不敢撬石头，害怕石头错位伤了把式的性命，消息报给五兴娘，女人就四处找天狗。

天狗当即下井，师傅已经昏死过去了，石块还压在下身。他一边喊着"师傅"，一边刨师傅身上的土，又急，又累，又害怕稍不小心石头再压下来，好不容易把师傅拉出来，血淋淋地背在身上爬上井台。

几天几夜的抢救，井把式的命是保住了，保不住的却是他腰以下的神经。一个刚强的打井手艺人，从此瘫在炕上，成了废人。

做农民的，什么都不怕缺，就怕缺钱；什么都应该有，就是不敢有病。天狗的师傅英英武武打了几年井，如今打到这一步，这家人就完全垮了。女人在医院侍候了丈夫三个月，伤心落泪，眼睛肿烂，口舌生疮。天狗没有吃上那生日的长寿面，在后山上割倒的黄麦菅柴火也让谁家的孩子背走了。他再没有上山刨黄麦菅根，当然也再没有进省城。为了师傅的伤病，天狗和师娘背了把式住国营的医院，也找了民间的郎中。井把式还是站不起来。师傅的心也灰了，在炕上老牛似的哭，拿头往墙上撞。好说好劝，这要强心重的汉子才没有自尽，却日夜伤心悲观，把脑子也搞坏了，显得痴痴呆呆的。

几个月的折腾，女人就失去了往常的光彩，形容憔悴，气力不支，蹲下干一阵活起来，眼前就悠悠地浮一片黑云。更使她备受折磨的是家里的积蓄流水似的花去，日渐空虚，又不敢对丈夫半句高声，常在没人处哭。

天狗看着，心里如刀扎，想自己不能代替了师傅。师傅是有长久手艺的人，能代替他瘫在炕上，这个家就不会这般受罪；看着师娘如此可怜，比天狗自己瘫在炕上还要难受。可天狗不是这家的人，只能在炕头劝说师傅，在院里安慰女人。帮着种地、喂猪、出圈粪；出外请医生抓药，就拿自己的钱来支应。

一场事故，把人囫囵地改变了性格。井把式退了专横，女人变得刚强，天狗说过"有了女人就长大了"，现在没个伴他的女人，天狗也长大了。

这天，天狗又割了几斤肉和豆腐提来，女人说："天狗，你要总是这样，我也就恼了！这家里成了无底的黑窟窿，你有多少积存能填得满?!"天狗说："师娘，现在就不要说这些话，我一个人毕竟好将就。"

女人说："你也不是有金山银山，这么长时间也没去做刷子卖，你是另有什么手艺不成？你把钱花光了，那江对岸的女的怎么娶得回来?"

天狗没有给师娘说明。前天夜里，大姨又过江来找了他，说是那小寡妇有了话，问这边钱筹得怎样，若月底还是拿不出一千元，她就不再等了，有钱的几个光棍都在托媒了。天狗生了气，说："看谁钱多让她跟谁去；我有一千元，一千元我天狗可以买十头猪给师傅补身子哩！"话说得难听，大姨好生骂了一顿，问他想不想要个儿子，天狗说得更粗野："我一千元放在那里，生的也是钱儿子！"大姨气得脸色煞白，吵了一夜，不欢而散。

师娘当然不知道这件事，还是说："天狗，眼看就是三月三乡会了，女婿都走丈人，你虽说没结婚，却也该到对岸那家去。这肉既然买回来，咱就不要吃，我夜里再蒸二十个馍，你明日提前去走走吧。"

天狗听了，一时心火上攻，竟忘记了自己是在这苦难的菩萨面前，焦躁地说："我不去！"

女人说："你敢胡说！"

瘫了的师傅在上屋土炕上全听见了，就敲着炕沿叫天狗，天狗进去，师傅说："你怎能不去？你想老死了做绝鬼?!"说罢拉天狗坐下，缓了口气又说，"师傅现在是没用的人，别的话你可以不听，只要你听一句，明日乖乖去江对岸，这身上衣服也成油匠穿的了，夜里让你师娘洗一把，唵!"

天狗这才说了实话："人家早不成啦!"

说完也不再解释，走出门，一直从院子里走出去了。

井把式和女人倒一时愣了，末了女人就哭出声来。

夜里师娘来到天狗的家里，问清了原委，知道一切因自家的拖累所致，就连连叫："造孽!"骂天狗不该为她家花了积存，又骂小寡妇认钱不认人，下贱坯子。天狗见女人骂自己，越发觉得这女人贤惠可敬。女人骂着骂着，就骂了自己，哭泣不止。

天狗立在那里倒真像个手足无措的孩子。

女人说："天狗，是我家害了你，这我和五兴爹一辈子有赎不完的罪。事情落到这田地，我家里是空了，你也空了，即使你天狗还有分文，我也不让你再往我家里贴赔。可这个家，有出的没入的，啥事都要钱，我思谋了，还是让五兴回来干干别的事吧。"

天狗说："师娘，这使不得。五兴先头耽误了几天学习，好不容易让他又复了学，就是再穷再苦，也不敢误了五兴的学业。"

女人怎不明晓这层道理。可妇道人家是一副软心肠，经天狗一番道理之后，同意了不让五兴停学。可回到家里，一进屋，眼看着狼狈不堪的丈夫，一颗心又转了。这对中年夫妇一夜没有睡好，一会儿决定让五兴停学，说停学好;一会儿又不让停学，说不停学好。拉屎撒尿做不了主，井把式就大声吸着鼻子，哭了:"这都是我害了你们娘儿俩，害了人家天狗，我怎么就不死呢!你给我买包老鼠药来，让我喝了，反正活着没用，也不花钱吃药了!"女人听了这话，两股眼泪流下，说道:"他爹，你别说这话，家里人嫌弃你了吗?你就是睡在这里任事不干，你也是这一家的定心骨。你要再说这话，就是拿刀子杀我。你是还嫌我心没伤透吗?"男人就再不作声。

夫妇俩自结婚以来说了这最多的一场话，才各自深深体会到对方的温暖；生活的苦绳拴住了一对蹦跶的蚂蚱，他们谁也离不得谁。夜深了，油灯在界墙的灯窝里叭叭地响过一阵，油尽灯灭，女人重要点灯，男人说："算了。"为了省下一根火柴和一盏油，黑夜里泪眼在闪着光。男人被平放着睡下了，失去了知觉的双腿日渐萎缩，女人在被窝里为他揉搓，活动血脉，在扳着下身为男人翻了几次身后，女人就脱得光光的猫儿似的偎在丈夫的身边睡着了。睡到四更，女人突然被男人摇醒，她叫道："你咋没瞌睡?"男人说："我睡不着，我有一件事想给你说说。"女人就坐起来，拥着被子，被子的一角湿漉漉的，是男人流下的眼泪。月光从窗棂里昏昏地照进来，女人看着丈夫一张被痛苦扭歪的脸。

男人说："我好强了一辈子，也自私了一辈子。和你做夫妻了十几年，我没有好好待你，这是我现在一想起来就心愧的事。我现在是完了，到死也离不了这面土炕了。人常说'病人心事多'，我是终日在想，啥事都想过了，想过死。你骂了我，你骂是对的，我也没脸面再去死，我就活着吧。可咱家里，总不能这样下去啊，五兴他娘！因此我就思想，你可以不离开我，我还是你的男人，但世上都是男人养活女人，女人怎能养活得了男人，那南北二山就有'招夫养夫'的……"

女人静静地听男人叙说，越听越有些害怕，听到最后，一把将井把式的口捂住了，说："我不听，我不听，你睡在炕上胡想了些什么呀！"眼泪吧嗒吧嗒地掉在被面上。

招夫养夫，深山里是有这种习俗的。平日里菩萨女人也听说过这种事例，只当是一种新闻，一种趣谈。现在丈夫竟要她充当这事例中的角色，她浑身痉挛，抖得像筛糠。

男人见女人如此悲凄，自己也裂心断肠，长吁短叹，说："我这样说，是我这男人的羞耻。可你不让我死，又不这样，你是让我睡在这里看你受苦受难，我不死在绳上药上，也会用心杀了我自己！"

女人就扑在男人身上，泣不成声："只要为了你，我什么都可以做得，可你让我招夫，我到哪儿去招？哪个单身男子肯进咱的门？就是有人来，好了还罢，若是个坏的，待你不好，那我哭都没眼泪了！"

夫妇俩抱头哭到天明。天明的时辰，听见远远的后山上有狼的嚎声，犹如人在呼号。

清早，女人又要去后山割草晒柴，男人叮咛说到阳坡割，不要去阴洼，若遇见什么狗了，先"狼，狼"叫喊试探，以防中了狼的伪装；若不慎惊撞了马蜂，万不要跑，用草遮了头脸就地装死。女人一一记在心上，走了。男人见女人一走，就在家大放了悲声，惊动了街坊。有人进来，他就求人去把天狗找来，说他有话要叙说。

天狗苦苦闷闷窝在家里，什么事也慌得捏不到手里，就无聊地编织起蝈蝈笼子来。三月的蝈蝈还没活跃，没有清音排泄他的烦愁，就痴痴看着空笼出神。他到了师傅的炕边，以为师傅又要说让五兴退学的事，便说："师傅，有我天狗在，我天狗就永远是你的徒弟，我不是那喂不熟的狗，我天狗是没大本事的，可我不会使师傅这一家败下去，无论如何，五兴要让他好好念书。"

师傅说："天狗，也怪我先前瞎了眼窝，没让你跟我继续打井。人就是这没出息的，只有出了事，才会明白，可明白了又什么也来不及了。你给师傅说，江对岸那小寡妇真的吹了？"

天狗说："吹了。那号女人只盯着钱！甭说她不愿意了，就是她那德行，十七十八的开的是一朵花，我走过去拾一片瓦盖了理也不理。你想想，要是师娘也是那样人，她不知早离开你多长日子了。"

师傅说："唉，你师娘是软性子，受了我半辈子气，可她心善啊，逢着这样的老婆，我李正什么也就满足了。可如今，她受的苦太重，毕竟是一个妇道人家，地里没劳力，里外没帮手，不让五兴退学呀，要吃要喝又要花钱，还加上侍候我这废人，一想到这，我心就碎了。天狗，我想让她走一条招夫养夫的路，你实话对我说，使得使不得？"

天狗听了，心里不禁一阵疼。伤残使师傅变成了另一个人。做出这般决定，师傅的心里不知流过了多少血。不行，不行，天狗摇着头。可不走这条路，可怜的师娘就跳不出苦海，天狗头又摇起来。天狗没有回天力，只是拿不定主意地摇头。两人沉默了半天，天狗说："师傅，这事你给师娘说过？"

师傅说："说不通。可从实际来看，这样好。这又不犯法，别人也说不上笑话。你说呢？"

天狗说："那有合适的人吗？"

做师傅的却不做回答，为难了许久，拉天狗坐近了，说："作难啊，天狗，谁能到这里来呢？你师娘一听我说这话，就只是哭。我想，你师娘那心肠你也是知道的，这堡子里也没几个能赶上她的。虽说是快四十的人了，但长相上还看不出来……"说着就直直地看天狗的脸。

天狗并不笨，品得出师傅话里的话，心里嘣地一跳，将头低下了。

屋子里沉沉静静。

天狗从炕上溜下来，坐在了草蒲团上。院子里，女人背着高高的一背篓柴火进来，在那里咚地放了。院墙的东南角上，积攒的柴草已俨然成山。女人一头一脸的汗，头发湿得贴在额上，才要坐下歇口气，瞧见天狗从堂屋走出来，就叫了一声："天狗！"

天狗痴痴地从院子里走出去，头都没有转一下。

三天里，丹江岸上的堡子，沉浸在三月三乡会的节日里。农民们在这几天停止一切劳作，或于家享乐，或频繁地串亲戚。未成亲的女婿们皆衣着新鲜，提四色大礼去拜泰山泰水。泰山泰水则第一次表现出他们的大方，允许女儿同这小男人到山上去采蕨菜。三月里好雨水，蕨菜嫩得弹水。采蕨人在崖背洼，在红眼猫灌丛，也采着了熟得流水的爱果。天狗家的后窗对着山，窗里装了一幅画，就轻轻唱出了往年三月三里要唱的歌：

> 远望乖姐矮陀陀噢，
> 背上背个扁挎箩哟，
> 一来上山去采蕨噢，
> 二来上山找情哥哟，
> 找见情哥有话说。

唱完了，天狗就叹一口气，把窗子关上，倒在炕上蒙被子睡了。天狗从来没有这样恍惚过，他不愿意见到任何人，直到夜里人都睡下了，天狗就走到堡子门洞上的长条石上。旧地重至，触景生情。远处是丹江白花花的沙滩，滩上悄然无声。今晚的月亮再也不是天狗要吞食的月亮，但人间的天狗，三十七岁的童男，心里却是万般感想。师傅的女人，师娘，菩萨，月亮，使天狗认识到了一个实实在在的女人。在一年多徒弟生涯里，在十几年一个堡子的邻里生活中，天狗喜欢这女人。女人的一个腰身，一步走势，一个媚眼，都使他触电一样地全身发酥，成百上千次地回忆着而生怕消失。他天狗曾怀疑过和害怕过自己的这种感情，警告过自己不应该有这种非分之想。但天狗惊奇的是，对于这个女人，他只是充满着爱，而爱的每次冲动却绝对地逼退了别的任何邪思至念。天狗不是圣人，他在这女人面前能羞耻，能检点，也算得是圣人了。所以，天狗也敢将这种喜欢和爱，作为自己的生命所需，变成一副受宠的样子，在这菩萨面前要做出孩子般的腼腆和柔顺。

月食的夜里，女人在这里为丈夫和另一个小男人祈祷而唱乞月的歌，天狗也为女人唱了两首歌。歌声如果有精灵，是在江水里，还是在草丛里？

"现在要我做她的第二个男人吗？"

说出这话的，不是他天狗，也不是他天狗爱着的师娘，竟是自己的师傅，女人的真正的丈夫！天狗该怎么回答呢？"我愿意，我早就愿意！"天狗应该这么说，却又说不出口。她是师娘，是天狗敬慕和依赖的母亲般的人物，天狗能说出"我是她的男人"的话吗？天狗哇，天狗，你的聪明不够用了，你的勇敢不够用了，脸红得像裹了红布，不敢看师傅，不敢看师娘，也不敢看自己。面对着屋里的镜，面对着井底的水，面对着今夜头顶上明明亮亮的月亮，不敢看，怕看出天狗是个大妖怪。

第四天，是星期天，五兴从学校回来，到江边的沙地上挖甘草根。

　　天狗看见了，问："五兴，你掘那甘草做甚？"

　　五兴说："给我娘采药。"

　　天狗慌了："采药？你娘病了？什么病？"

　　五兴说："我从学校回来，娘和爹吵架，娘就睡倒了，说是肚子鼓，心疼。爹让我来采的。"

　　天狗站在沙地上一阵头晕。

　　"天狗叔，你怎么啦？"

　　"太阳烤得有些热。五兴，念书可有了长进？"

　　"天狗叔，我娘又不让我念了。"

　　"不是已给她说好不停学了吗？"

　　"我娘说的，她跪着给我说的，说家里困难，不能老拖累你，要我回来干活。"

　　天狗默默回到家里，放声大哭了。他收拾了行李，决意到省城去，从这堡子悄悄离开，就像一朵不下雨的云，一片水，走到天外边去。但是天狗走不动，天狗在堡子门洞下的三百七十二台石级上，下去三百台，复上二百台。这时的天狗，若在动物园里，是一头焦躁的笼中狮子；若在电影里，是一位决战前夜地图前的将军。

　　天狗终于走到了师傅家的门口。

　　"师娘，我来了，我听师傅的！"

　　正在门口淘米的女人愣住了。极大的震撼使女人承受不了，无知无觉无思无欲地站在那里，米从手缝里流沙似的落下去，突然面部抽搐，泪水涌出，叫一声："天狗！"要从门槛里扑过来，却软在门槛上，只无声地哭。

堡子里的干部，族中的长老，还有五里外乡政府的文书，集中在井把式的炕上喝酒。几方对面，承认了这特殊的婚姻，赞同了这三个人组成一个特殊的家庭。当三个指头在一张硬纸上按上红印，瘫子让人扶着靠坐在被子上，把酒敬给众人，敬给天狗，敬给女人，自己也敬自己，咕嘟嘟喝了。

五兴旷了三天学，再一次去上学了。这是天狗的意志，新爹将五兴相送十里，分手了，五兴说："爹，你回去吧。"天狗说："叫叔。"五兴顺从了，再叫一声"叔"，天狗对孩子笑笑。

饭桌，别人家都是摆在中堂，井把式家的饭桌却是放在炕上的。原先在炕上，现在还在炕上。两个男人，第一个坐在左边，第二个坐在右边，女人不上桌，在灶火口吃饭，一见谁的碗里完了，就双手接过来盛，盛了再双手送过去。

麦田里要浇水，人日夜忙累在地里，吃饭就不在一块了。女人保证每顿饭给第一个煮一个荷包蛋在碗里，第一个却不吃，偷偷夹放在第二个碗底里。天狗回来了，坐在师傅身边吃，吃着吃着，对坐在灶火口的女人说："饭里怎么有个小虫？"把碗放在锅台上。女人来吃天狗的剩饭，没有发现什么小虫，小虫子变成了那一个荷包蛋。

茶饭慢慢好起来，三个人脸上都有了红润。

几方代表在家喝酒的那天晚上，第一个男人下午就让女人收拾了厦房，糊了顶棚，扫了灰尘，安了床铺，要女人夜里睡在那里。女人不去。天没黑，第一个男人就将炕上的那个绣了鸳鸯的枕头从窗子丢出去，自个儿裹了被子睡。女人捡了枕头再回来，他举着支窗棍在炕沿上发疯地打。

女人惊惊慌慌睡在了厦房。一夜门没有关。一更里听见了狗咬，起来把门关了；二更里听见院外有走动声，又起来去把门闩抽开，睡在床上睁着眼；三更里夜深沉，只听蛐蛐在墙根鸣叫；四更里迷糊打了个盹；五更里咬着被角无声地哭。天狗他没来。

　　这天狗，
　　想当初，
　　精刚刚，虎赳赳，
　　一天到晚英武不够。
　　自从人招来，
　　今日羞，明日愁，
　　一下成个泪蜡烛，
　　蔫得抬不起头。

　　这女人，
　　想当年，
　　话不多，眼不乱，
　　心里好像一条线。
　　自从招来人，
　　今日愁，明日羞，
　　一下成个烂门扇，
　　日夜合不严。

日月过得平平淡淡、拘拘谨谨。过去的一日不可留，新来的一日又使人愁。又是一次吃罢晚饭，两个男人在炕上吸烟，屋外淅淅沥沥下雨。下了一个时辰，烟袋里的烟末吃完了，天狗站起来，去取柱子上挂着的蓑衣。为大的就说："天狗，你……"天狗装糊涂，说："不早了，你歇下吧，明日一早雨还要下，我给咱叫了自乐班来，咱家热闹热闹。"为大的发了怒，将支窗棍咚地磕在炕沿上，说："你要那样，我就死在你面前！"天狗木然地立在那里，恭敬得像个儿子，叫道："师傅……"末了还是默默地走了出去。

雨下得哗哗哗地越发大了。

蝎　子

暑假，五兴从学校回来。近半年的新式家庭生活，孩子也日渐鬼灵地开窍了许多事理。地里的活，天狗一揽子全包了，不让他揍手，他就协助着娘忙活家务，忙毕，搬炕桌在把式爹身边坐定，用了心地读书。把式现在有时间，静心看读书人的举动，心里就作美，五兴一抬头，见爹正含笑看他，忙回爹一笑，爹的脸又冷却了。把式养的狗，知道狗的脾性，常冷脸待五兴，不让他轻狂、顺杆子往上爬。天狗锄完苞谷地回来，脚步声谁也没听到，把式就听到了，说："五兴，给你爹打水去！"

五兴怕亲爹，听见吩咐，就忽地下炕去了。院里并没有小爹的影，吱扭扭把水绞上井，天狗果然进了院，五兴兴冲冲叫一声："果真是爹！"

做爹的这个并不应，放下锄说："五兴，书念过了？"答说："念过了。"便从后腰带上取下两件宝，一件是竹根烟袋，一件是蓖麻叶，烟袋叼在口里吸，蓖麻叶里包着三只绿蝈蝈。说声："给！"蝈蝈却从叶里蹦出来，一只公鸡猛见美食，上前就啄，五兴急得脚踏手拍，三只蝈蝈却跳在鸡背上，唑唑地叫。五兴就势捉了，装在竹笼儿里。三只蝈蝈一叫，厦房屋檐下的蝈蝈笼里，一个一个都歌唱起来，满院清音缭绕。

五兴喜欢这个爹，这爹不板脸，脸是白的，发了怒也不觉惧怕，又能和他玩蝈蝈。故叫这个"爹"倒比叫那个"爹"口勤。

家里小的爱蝈蝈，来了个大的也爱蝈蝈，这人家的爱欲也就都转移了。往日五兴去上学，天狗去下地，女人头明搭早出来开鸡棚，蝈蝈笼也就挂在厦房檐头下。天要下雨，炕上的瘫子先听到雨声，就说："他娘，快把蝈蝈笼提进来！"蝈蝈吃的是北瓜花，院墙四角都种了瓜，于是种瓜不为吃瓜，倒为了那花，花开得黄艳艳，嫩闪闪。

地里的苞谷旺旺地长，堡子里的人该闲的就闲下，闲不下的是手艺人，都出去揽生意了。有好几家，造起了一砖到顶的新屋，脊雕五禽六兽，檐涂虫鱼花鸟。有的人家开始做立柜，刷清漆，丑陋肥胖的媳妇手腕上已不戴银镯，换了手表，整个夏天里不穿长袖。看着四周人家日子滋润，天狗心里很是着急。好久没去城里干他那独门的生意了，就和五兴去后山挖了几天黄麦菅根，女人就点灯熬油在家扎刷子。瘫了的人腿不能动，手上有功夫，夜里便让大家都去睡，他来扎刷子。天狗又起身回他的老屋去，为大的就不言语，却要五兴一定跟他睡。五兴要去关院门，把式不让关。

五兴睡着了，把式还坐在炕上扎刷子，扎好一筐，一夜却听不到院门响，也一夜叹息不止。夜半子时，女人出来小解，听见上屋男人的叹息，跑上来问："哪儿不美？"见这可怜的瘫人却还在扎锅刷，倒气得一把夺了："你真个不要命了！""我白日把觉睡了，我没瞌睡。""……""现在几时了？""正半夜了吧。""他还没来？"女人点着头。"我把这天狗！……"叫起天狗啊，爱你还是恨你，说你是好人还是坏人，害得师傅夜夜睡不着。井把式说过这话，心里一股黑血流过，脸上却强露了笑，女人最怕的就是瘫人的这种笑，恨天狗忠于师傅，忠于师娘，却忠得愚蠢，忠得千不该万不是，瘫人说："五兴娘，这事你让我怎么个说！你，你也该……"瘫人气喘得说不下去。女人一下子附在了男人的身上，泪脸对着泪脸，让他的胡子扎扎她的腮。男人说："你要权当我是死了！"说完，脸转向炕里去。

但天狗太执意，女人也没办法。世上的水太清，就养不了鱼；完全的黑暗是看不见东西的，完全的光明也是看不见东西的。天狗不知这道理。

天狗领了五兴到省城里，又见到食堂那个女服务员。五兴第一次进城，无知也就无畏，到处钻动，见啥问啥，又一口一声叫"爹"答。女服务员说："你年纪不大，孩子这么大了？!"天狗应一声，脸就绯红，装着解衣领，说天热。食堂里的锅刷还有积存，天狗让五兴在食堂待着，他挑了担子去叫卖。女服务员就逗五兴说闲话："叫什么名？""李五兴。""你爹姓王，你倒姓李？""我跟我娘姓。""你娘多大了？""四十了。""你爹才三十七，你娘倒四十？""我娘是虚岁。""你长得可不像你爹！"五兴不回答了，装得傻傻的，问食堂要不要蝈蝈，他养有四十只蝈蝈。

半下午，天狗回来了，一担锅刷只卖了五分之一，脸上气色很不好，说："这生意做不成了，五分钱一个也没人要了。"父子俩当下没了话。天狗看着五兴也知愁，脸上就做出笑来，说："挣钱不挣钱，先落个肚肚圆，五兴，咱去吃一顿！"买饭时，五兴说："爹，我想吃素面。"爹却偏买了炒肉，肉端上来，天狗吃着吃着就发痴，筷子不动了，定眼看五兴，五兴也不吃。他就又笑着说："吃呀，多香哩!"自个儿带头大口吃。

从城里回来，天狗什么也没买，只给五兴买了一套课外复习材料，对女人说："钱难挣了，这门生意做不成了。干脆我再给人打井去。"

一说打井，女人就发神经，嘴脸霎时煞白，说："天狗，什么都可做得，这井万万打不得，这家人就是去喝西北风，我也不放你去干这鬼营生!"

天狗听女人的，也不敢多说，抱脑袋蹴下去。女人看着心疼，就又劝道："钱有什么? 挣多了多花，挣少了少花，一个不挣，地里有粮食吃，也不至于把咱能穷逼到绝路上去。"

做男人的本是女人的主事人，天狗却要叫女人来宽慰，天狗这男人做得窝囊。但办法想尽，没个赚钱的路，免不了在家强作笑脸，背过身就冷丁显出一种呆相。

女人敏感，没事睡在炕上的那个更敏感，见天狗一天一天消瘦下去，也不大唱那山歌和花鼓了，两人明里说不得，暗里却想着为天狗解愁。

这一天，天狗一进院，听见师傅在上屋炕上唱花鼓，师傅从来没唱过，天狗就乐了，进来说："师傅行啊，你啥时学会了这一手?"

师傅说："我年轻时扮过社火穗子，学了几句丑丑花鼓。"

难得师傅心绪好，天狗就说："师傅，你再唱一段吧。"

瘫人就唱了：

树不成材枉占地吨，

　　云不下雨枉占天吨，

　　单扇面磨磨不成面哟，

　　一根筷子吃饭难。

　　瘫人唱毕，女人说："今日都高兴，我也唱一段。五兴，去把院门关上了，别让邻居听见了笑话！"

　　五兴飞马去将门关了，听娘用低低的声音唱：

　　日头落山浇黄瓜哎，

　　墙外有人飘瓦碴，

　　打下我公花不要紧哎，

　　打了母花少结瓜。

　　唱完，瘫人又说："天狗，把蝈蝈都拿来，让我看看斗蝈蝈，谁个能斗过谁呢！"

　　只要师傅高兴，师娘快活，天狗干什么都行，就拿蝈蝈上炕，放在一个土罐里斗。一只红头的，脚粗体壮，气度不凡，先后斗败了所有的对手。一家人正笑着看，屋梁上掉下一物，不偏不倚正好落在蝈蝈罐里。一看，是一只蝎子。

　　蝎子冷丁闯入，蝈蝈吃了一惊不再动，蝎子也吃了一惊不再动。五兴急着去拿火筷来夹，天狗说："这倒好看，看谁能斗过谁？"看过一袋烟时辰，两物还都惧怕，各守一方，天狗要到地里去干活，说："五兴，就让它们留在罐里，晚上吃饭时再来看热闹。"说完就盖了罐子放在一边。晚饭后揭盖一看，一家人就傻了眼，英雄不可一世的红头蝈蝈，只剩下一个大头、一条大腿，其他的全不见了，蝎子的肚子鼓鼓的，形容好凶恶。

天狗说："哈，玩蝈蝈倒不如玩蝎子好！五兴，明日咱到苞谷地去，地里有土蝎，捉几只回来，看谁能斗过谁？"第二天果然捉了三只回来。

这蝎子在一块，却并不斗，相拥相抱，亲作一团。五兴的兴趣就转了，将竹笼里的蝈蝈每天投一只来喂，没想玩过十天，蝎子不但未死，其中一只母的，竟在背部裂开，爬出六只小蝎。一家人皆很稀奇，看小蝎一袋烟后下了母背，遂不认母，做张牙舞爪状。从此，家人闲时观蝎消遣，也生了许多欢乐。

这期间，井把式突然觉得肚子鼓胀，先并不声明，后一日不济一日，茶饭大减，才悄悄说知于女人。女人吓得失魂落魄，只告知天狗。天狗忙跑十三里路去深山背来一位老中医看脉，拿了处方去药房抓药，不想药房药不全，正缺蝎子，天狗说："蝎子好找，我家养得有。"药房人说："能不能卖几只给我们？一元一只，怎么样？"天狗吃了一惊："一只蝎子值这么多？"药房人说："就这还收不下哩。你家要有，有多少我们收多少。"天狗抓了药就往家跑，将此事说给家人，皆觉惊奇。天狗就说："咱不妨养蝎子，养好了这也是一项大手艺哩！"女人说："蝎子是恶物，怎么个养，咱知道吗？"炕上的瘫人说："咱试试吧，这又不摊本，能成就成，不成拉倒，权当是玩的。"于是蝎子就养起来了。

天狗在地里见蝎子就捉，捉了就用树棍夹回来。女人在堡子门洞的旧墙根割草，也捉回来了几只。拢共十多只了，就装在一个土瓦盆里。五兴见天去捉蝈蝈来喂。几乎想不到，这蝎子繁殖很快，不断有小蝎子生出来。

天狗想，这恶物是怎么繁殖的，什么样是公，什么样为母，什么时候交配？若弄清这个，人为地想些办法，不是就可以繁殖得没完没了了吗？

五兴上学去了，他让五兴去县城书店买了关于蝎子的书回来。书是好东西，上边把什么都写了，天狗就认得了公母，成对成双搭配着分装在大盆小罐里。整整三天，一早起来就将盆罐端在太阳下，看蝎子什么时候交配，如何交配。终在第三天中午，两个蝎子突然相对站定，以触器相接良久，为公的就从腹下排出一个精袋在地，然后猛咬住母的头拉过来，将腹部按在精袋上，又是良久，精袋被生殖腔吸收。这么又观察了三天三夜，就总结出蝎子交配要在正午太阳端时，而且温度要不可太热，也不可太凉。他鬼机灵竟买了个温度计，记下是二十摄氏度。天狗大喜，于是将蝎盆蝎罐早端出晚端回，热了遮阳，冷了晒日，果然不长时间，数目翻了几番。

天狗捉了二十只大蝎去药房，第一次获得了二十元。他并没有回家，径直去了江对岸的商店，给师傅买了一盒高价香烟，给女人买了一件卡其衫子，给五兴买了一双高靿雨鞋；孩子雨天去上学，就用不着套草鞋了。

女人当即将新衣穿上，问炕上的人："穿着合不合体？"炕上的就说："人俏了许多！"女人就又问天狗："这么艳的，我能穿得出去？"天狗说："这又没花，色素哩。"一家四口，三口就都欢心，师傅说："天狗，你给你买了什么？"天狗说："只要蝎子这么养下去，还愁没我穿的花的吗？"

天狗养蝎上了心，就亲自去书店买书来看。天狗喝的墨水没有五兴多，看不懂就让五兴做老师。饲养方法科学了，养蝎的气派也就更大了。院子里高的瓮，低的盆，方的匣，圆的罐，一切皆是蝎，而公的母的大的小的又分等分类，从此，堡子里的人叫天狗，也不再叫名，直呼"蝎子"！

到年底，这家又成了大手艺户，恢复了往日的荣光。一家人吃起香来，穿起光来，又翻修了厦房。县城里一家要养蝎的人，知道了天狗的大名，跑来叫天狗"师傅"，要请教经验。天狗亲授了一个通宵。临走时徒弟要买蝎种，一次买六百只，一只种蝎一元二角，收入了七百多元，天狗把钱交给女人，女人颤巍巍捏着，将钱分十沓，分在十处保藏。

女人是过日子的，没有钱的时候受了恓惶，有了钱就不显山露水，沉着气合理安排，以防人的旦夕祸灾。

下了一场连阴雨，丹江里发了水，整日整夜地呼呼。堡子南头的崖土垮了一角，压死了一个孩子和一头猪。天狗的老屋是爷们在民国年间盖的，木头朽了许多，女人就担心久雨会出什么意外，让天狗过来睡。天狗说没事，睡在那边，一是房子哪儿漏雨可以随时修补，二是防着不正经的人去偷摸东西，女人不依，于是天狗的家产全搬过来，窖里搬不动的一家四口人的红薯、洋芋都存在那里。

雨停了，天又瓦蓝瓦蓝的。女人将蝎子盆罐抱出来在院子里晒太阳，就出门到地里看庄稼去了。天狗也不在家。太阳一照，泡湿了的土院墙就松了，砰地倒下来，把三个蝎子瓮砸碎了，又砸倒了鸡棚。井把式听见响声，隔窗一看，吓得半死。连声喊人，没人应。眼见得鸡从棚子里出来，到处啄吃逃散的蝎子，他就大声吓鸡。鸡是不听空叫的，把式就把炕上的所有物什都丢出去撵鸡。

末了就往出爬，从炕上掉下来，硬用两只手，支撑着牵引着瘫了的身子爬过中堂，到了门口，总算把鸡打飞出院墙，但一只逃散的蝎子却咬了他的肩。把式"哎呀"一声疼得昏在台阶上。

女人在地里察看庄稼，心里突然慌得厉害，返回一推门，失声锐叫，把男人背上炕，就在院子里四处抓蝎。等天狗回来，一切皆收拾清了，女人坐在门槛上哽咽着哭。

没了院墙，夜里女人睡在厦房觉得旷，给天狗说了，天狗回答道："我到窑上把砖货已订下了，等这一窑烧出来，咱买回来就垒墙。"女人就不再说什么，把一口唾沫咽了。

蝎子还要每天中午端出来晒晒，天狗不时用手去拨拨，不让恶物纠缠。天狗的手已经习惯了，不怕蜇，要看蝎子就用手捏，吓得别人嗷嗷叫，他却轻松得很。这回趴在蝎罐看了一会儿，瞥见女人坐在厦房门口纳鞋底，金灿灿的太阳光洒落她一身，样子十分中看，天狗心里毛毛的，想和她说说笑话。

"这做的是谁的鞋，师娘。"

"谁是你师娘！"

天狗笑了一下，忙又去看蝎子，心里怦怦直跳。过了一会儿，天狗又忘了一切，满脑子是蝎子了，说："你快来看哪，这一罐不长时间就要分作两罐啦！"

女人捏着针过来，蹲在蝎罐边，她闻到天狗身上的烟味汗味，说："哪儿就多了，还不是昨天的数吗？"

天狗说："原数是原数，可瞧它们正欢呢。"

有三对蝎子，正在罐内面对而趴，触器相接，做爱的挑逗……

女人悄声说："天狗，蝎子是咋啦？"

天狗说："这是交配呀。"

女人说："虫虫都知道……"

女人是明知故问的。女人说完，便脸色绯红，反身看天上的一朵云。天狗能是能，这次却不经心失了口，自己也就又羞又怕，竟也显出那一种呆相。女人回过头来，用针尖扎了天狗的腿，天狗"哎哟"一声。炕上的把式听到了，忙问道："天狗，你怎么啦?"天狗说："蝎子把我手蜇了。"

第五天，院墙修成了砖院墙。天狗又请来了泥水匠，一定要扳倒原先的土门楼，要造个砖柱飞檐的。把式说："天狗，算了吧。"天狗说："师傅，门楼好坏当然顶不了吃穿，可是个面子上的事。咱把它修得高高的，也是让人瞧瞧咱家的滋润!"做师傅的再没阻拦他，却把女人叫到炕上，说："他娘，咱现在手里有多少钱?"女人说："一千三。""数字还真不小。""亏了天狗撑住了这个家。"两个人下来却没了话。过了一会儿，把式说："他娘，现在日子顺了，你也要把自己收拾清净些。你毕竟比我年轻，人也不难看，可三分相貌七分打扮，衣服穿新了，头梳光了……"男人没说下去，女人便低了眼，无声地去做饭了。

女人果然注意了收拾，浑身添了光彩。中午太阳出来她洗头，让天狗提了壶给她头上浇水，又让天狗打碎一块瓷片儿，"我要刮刮额头荒毛。"天狗到底是天狗，不是木头，不是石头，看见女人容光美妙，心里生热，但这个时候，天狗就走了，走到蝎子罐前看蝎子。

一个初六的下午，天狗在地里浇麦地二遍水，女人也去了，两人天擦黑回来，院门掩着，堂屋的门却上了锁。女人以为瘫人是爬出去了，隔窗看时，把式正躺在炕上，手里拿着门上的钥匙瞌睡了。才明白可怜的人一定是叫隔壁人来锁了堂屋门，要让天狗和她回来单独在厦房里吃饭……

女人站在那里，把瘫人足足看了一袋烟的时间。

天狗说："师傅他……"

女人说："他……"

眼里红红的进了厦房做饭。天狗也坐下抱柴生火。两人没有说话，上面是擀面杖的磕撞声，下面是拉动的风箱声，饭做熟了。天狗盛了一碗，寻钥匙开堂屋门给师傅端。女人说："他睡着了，钥匙在他手里，叫不醒他的，咱们吃吧。"一个坐在灶火口吃，一个立在锅后吃。饭毕，天狗说："你歇着吧，我刷洗。"女人说："这不是男人干的活。"天狗就站在旁边看了她洗。院墙的外边，有猫叫春，叫了好一会儿。天狗这时是木了，麻了，不知下来该怎么办，为难得要死。女人擦了碗，又去擦盆子，擦缸子，不该擦的都擦了，还是要擦，把手占住，把眼占住，但心占不住，说："你累了？"天狗说："累，也不累。"却加一句，"歇下吧。"就要出门，女人把他叫住了。

女人说："天狗，我有话要给你说呢。"

天狗一脚在门槛里，一脚在门槛外，说："什么事？"

女人拉过一条凳子让天狗坐了，一边替天狗拍打肩上的土，一边要说话，却也好为难："天狗，他近日又添病了哩。"

天狗说："师傅吗？怎么不早对我说，我就发觉他饭吃得少了。"

女人说："你哥他……"她第一次对天狗称瘫人是"你哥"，不是"师傅"，自己倒再也启不开口了。

天狗说："明日我去请医生。"

女人就抬起头来，泪眼婆娑："天狗，你是真的什么都不懂，还是和我打马虎眼？"

天狗有什么不懂的。自进这家门，他就时时预备着女人要说出这样的话来，天狗本性是胆小的。

女人说："天狗，是不是我人不人，鬼不鬼的……"说着就趴在了床沿上，拿了牙咬嘴唇。

天狗知道糊涂是装不得了，就过去扶起了女人。女人软得像一摊泥，天狗扶她不起，自己也跪下了，说："我，我……"又急又怕又窘，支吾不清。女人抬起了头，一双抖抖的手，托住了天狗的脸。

"师娘！"

"谁是你师娘？法院让你叫我师娘？街坊四邻让你叫我师娘？"

"……姐！"

天狗叫出一个深埋在心底里的"姐"，女人突然软在了天狗的怀里。

外边的夜黑严了，黑透了，不是月食的夜，天空却完全成了一个天狗，连月亮，星星，萤火虫都给吞掉了。屋里灯很亮，灶火口的火炭很红。夜色给了这两个人黑色眼睛，两个人都看着亮的灯和红的炭，大声喘气。天狗抱着女人，女人在昏迷状态里战栗。天狗的脑子里的记忆是非凡的，想起了堡子门洞上那一夜的歌声，想起了当年出门打井时女人的叮嘱。过去的天狗拥抱的是幻想，是梦；现在是实实在在的女人，肉乎乎软绵绵的小兽，活的菩萨，在天狗的怀里。天狗怎么处理这女人？曾经是女人面前的孩子的天狗，现在要承担丈夫的责任了吗？天狗昏迷，天狗清白，天狗是一头善心善肠的羊，天狗是一条残酷的狼，他竟在女人头发上亲了一口，把战栗的菩萨轻轻放在了凳子上。

女人在黑暗里睁大了一双秀眼。

"天狗，你还要到老屋去吗?"

"我还是去的好。"

"我知道你的心，天狗，可我对你说，我和他都了解你，你却不了解我，也不了解他。我是老了，我比你大三岁……"

"姐，你不要说，你不要说!"

"你让我把话说完，天狗，这一半年里，咱家是好过了，怎么好的，我也用不着说出来。你既然不这样，我也觉得是委屈了你，我将卖蝎的钱全都攒着，已经攒了一千三了，我要好好托人给你再找一个，让你重新结婚，就是花多花少，把这一院子房卖了，我也要给你找一个小的。兄弟，五兴他爹，我和你哥欠你的债，三生三世也还不完啊!我不知道我怎么才能报答你，看着你夜夜往老屋去，我在厦房里流泪，你哥在堂屋里流泪……他爹，你怎么都可以，可你听我一句话，你今夜就不要过去，我是丑人，是比你大，你让我尽一夜我做老婆的身份吧。"

"姐，姐!"

天狗痛哭失声，突然扑倒在了尘土地上，给女人磕了三个响头，却疯了一般从门里跑出去了。

第三天里，打井的把式死在了炕上。

把式是自杀的。天狗和女人夜里的事情，他在堂屋的炕上一一听得明白，他就哭了，产生了这种念头。但把式对死是冷静的，他三天里脸上总是笑着，还说趣话，还唱了丑丑花鼓。但就在天狗和女人出去卖蝎走后，他喊了隔壁的孩子来，说是他要看蝎子，让将一口大蝎瓮移在窗外台上，又说怕瓮掉下，让取了一条麻绳将瓮拴好，绳头他拉在手里。孩子一走，他就把绳从窗棂上掏进来，绳头挽了圈子，套在了自己脖上，然后背过身用手推掉大瓮，绳子就拉紧了。

天狗回来，师傅好像是靠在窗子前要站起来的样子，便叫着"师傅，师傅！"没有回音，再一看，师傅的舌头从口里溜出来，身上也已凉了。

把式死了。把式死得可怜，也死得明白。四口之家，井把式为天狗腾了路，把手艺交给了天狗，把家交给了天狗，把什么都交给了天狗。他死得费劲，临死前说了什么话，谁也不可得知。天狗扑在师傅的身上，哭死了七次，七次被人用凉水泼醒。后悔的是天狗，天狗想做一个对得起师傅的徒弟，可是现在，徒弟对于师傅除了永久的忏悔，别的什么也说不出了。

堡子里的人都大受感动。

埋葬把式的那天，天狗虽不迷信，却高价请了阴阳师来看地穴，天狗就打了一口墓。墓很深，深得如一口井。他钻在里边挥镢挖土，就想起师傅当年的英武，就想起那打井前阴阳师念的"敕水咒"。

堡子里的人都来送葬。这个给堡子打出井水的手艺人，给家家带来了生存不可缺少的恩泽。他应该埋到井一样深的地方，变成地下的清流，浸渗在每一家的井里。

棺木要下墓了，女人突然放声号啕，跳进了墓坑，乞求着埋工说："让我给他暖暖墓坑，让我给他暖暖啊！"

天狗也跳进去，解开了怀，将胸膛贴在冷土上。

时光荏苒，转眼到了把式的"百日"。这天，堡子里来了许多悼念的人，这一家人又哭了一场，招呼街坊四邻亲戚朋友吃罢饭，天狗就支持不住，先在师傅睡过的炕上去睡了。他做一个梦，梦见了师傅，师傅说："天狗，这个家就全靠你了。家要过好，就好生养蝎，养蝎是咱家的手艺啊！"天狗说："我记住的，师傅！"就过去扶师傅，师傅却不见了，面前是一只大得出奇的蝎子。天狗醒来，出了一身汗，梦却记得清清楚楚。翻身坐起，女人正点着灯，在当屋察看着蝎子盆罐。地上还有一批小瓦罐，上边都贴了字条，写着字。

天狗说："五兴呢？"

女人说："刚才把这些字条写好，看了一会儿书，到厦屋睡了。"

"蝎种全分好了？"

"好了，每家五只，除过五十家匠人顾不得养外，拢共是七百五十只，你看行吗？"

堡子里的人都热羡着这家养蝎，但却碍于这是这家的手艺，便不好意思再来学养。天狗和女人商量了，就各家送些蝎种，希望全堡的人家都成养蝎户，使这美丽而不富裕的地方也两者统一起来。

天狗听女人说后，就轻轻笑笑，说："明早咱就送去。中午去药房再卖上几斤，五兴再过十天就要高考了，要给他买一身新衣哩。"

女人说："五兴考得上吗？"

天狗说："问题不大吧。"

女人揭开那个大瓮，突然说："天狗，你快来看看，这个蝎子好大！我还没见过这么大的，怎么长得这么大呀！"

天狗走过去，果然看见蝎子很大，一时又想起了师傅，心里怦怦作跳，就坐回炕上大口喘气。

《十月》1985年第2期

爸 爸 爸

韩少功

一

他生下来时，闭着眼睛睡了两天两夜，不吃不喝，一个死人相，把亲人们吓坏了，直到第三天才哇地哭出一声来。能在地上爬来爬去的时候，就被寨子里的人逗来逗去，学着怎样做人。很快学会了两句话，一是"爸爸"，二是"×妈妈"。后一句粗野，但出自儿童，并无实在意义，完全可以把它当作一个符号，比方当作"×吗吗"也是可以的。三五年过去了，七八年也过去了，他还是只能说这两句话，而且眼目无神，行动呆滞，畸形的脑袋倒很大，像个倒竖的青皮葫芦，以脑袋自居，装着些古怪的物质。吃饱了的时候，他嘴角沾着一两颗残饭，胸前油水光光的一片，摇摇晃晃地四处访问，见人不分男女老幼，亲切地喊一声"爸爸"。要是你冲他瞪一眼，他也懂，朝你头顶上的某个位置眼皮一轮，翻上一个慢腾腾的白眼，咕噜一声"×妈妈"，掉头颠颠地跑开去。他轮眼皮是很费力的，似乎要靠胸腹和脖颈的充分准备，才能翻上一个白眼。掉头也很费力，软软的脖颈上，脑袋像个胡椒碾锤晃来晃去，须沿着一个大大的弧度，才能成功地把头稳稳地旋过去。跑起来更费力，深一脚浅一脚找不到重心，靠头和上身尽量前倾才能划开步子，目光扛着眉毛尽量往上顶，才能看清方向。一步步跨度很大，像在赛跑中慢慢地做最后冲线。

都需要一个名字，上红帖或墓碑。于是他就成了"丙崽"。

丙崽有很多"爸爸"，却没见过真实的爸爸。据说父亲不满意婆娘的丑陋，不满意她生下了这个孽障，很早就贩鸦片出山，再也没有回来。有人说他已经被土匪"裁"掉了，有人说他在岳州开了个豆腐坊，有人则说他拈花惹草，把几个钱都嫖光了，曾看见他在辰州街上讨饭。他是否存在，说不清楚，成了个不太重要的谜。

丙崽他娘种菜喂鸡，还是个接生婆。常有些妇女上门来，叽叽咕咕一阵，然后她带上剪刀什么的，跟着来人交头接耳地出门去。那把剪刀剪鞋样，剪酸菜，剪指甲，也剪出山寨一代人，一个未来。她剪下了不少活脱脱的生命，自己身上落下的这团肉却长不成个人样。她遍访草医，求神拜佛，对着木人或泥人磕头，还是没有使儿子学会第三句话。有人悄悄传说，多年前，有一次她在灶房里码柴，弄死了一只蜘蛛。蜘蛛绿眼赤身，有瓦罐大，织的网如一匹布，拿到火塘里一烧，臭满一山，三日不绝。那当然是蜘蛛精了，冒犯神明，现世报应，有什么奇怪的呢？

不知她听说过这些没有，反正她发过一次疯病，被人灌了一嘴大粪。病好了，还胖了些，胖得像个禾场碌子，腰间一轮轮肉往下垂。只是像儿子一样，间或也翻一个白眼。

母子住在寨口边一栋孤零零的木屋里，同别的人家一样，木柱木板都毫无必要地粗大厚重——这里的树很不值钱。门前常晾晒一些红红绿绿的小孩衣裤及被褥，上面有荷叶般的尿痕，当然是丙崽的成果了。丙崽在门前戳蚯蚓，搓鸡粪，玩腻了，就挂着鼻涕打望人影。碰到一些后生倒树归来或上山去"赶肉"，他被那些红扑扑的脸感动，就会友好地喊一声"爸爸——"

哄然大笑。被他眼睛盯住了的后生，往往会红着脸，气呼呼地上前来，骂几句粗话，对他晃拳头。要不然，干脆在他的葫芦脑袋上敲一丁公。

有时，后生们也互相逗耍。某个后生上来笑嘻嘻地拉住他，指着另一位，哄着说："喊爸爸，快喊爸爸。"见他犹疑，或许还会塞一把红薯片子或炒板栗。当他照办之后，照例会有一阵开心的大笑，照例要挨丁公或耳光。如果愤怒地回敬一句"×妈妈"，昏天黑地中，头上和脸上就火辣辣地更痛了。

两句话似乎是有不同意义的，可对于他来说，效果都一样。

他会哭，哭起来了。

妈妈赶来，横眉横眼地把他拉走，有时还拍着巴掌，拍着大腿，蓬头散发地破口大骂。骂一句，在大腿弯子里抹一下，据说这样就能增强语言的恶毒。"黑天良的，遭瘟病的，要砍脑壳的！渠是一个宝（蠢）崽，你们欺侮一个宝崽，几多毒辣呀！老天爷你长眼哪！你视呀！要不是吾，这些家伙何事会从娘肚子里拱出来？他们吃谷米，还没长成个人样，就烂肝烂肺，欺侮吾娘崽呀……"

她是山外嫁进来的，口音古怪，有点儿好笑。只要她不咒"背时鸟"——据说这是绝后的意思，后生们一般不会怎么计较，笑一笑，散开。

骂着，哭着，哭着又骂着，日子还热闹，似乎还值得边发牢骚边过下去。后生们一个个冒胡楂儿了，背也慢慢弯了，又一批挂鼻涕的奶崽长成后生了。丙崽还是只有背篓高，仍然穿着开裆的红花裤。母亲总说他"只有十三岁"，说了好几年，但他的相明显地老了，额上隐隐有了皱纹。

夜晚，她常常关起门来，把他稳在火塘边，坐在自己的膝下，膝抵膝地对他喃喃说话。说的词语，说的腔调，甚至说话时悠悠然摇晃着竹椅的模样，都像其他母亲对待自己的孩子："你这个奶崽，往后有什么用啊？你不听话啰，你教不变啰，吃饭吃得多，又不学好样啰。养你还不如养条狗，狗还可以守屋。养你还不如养头猪，猪还可以杀肉咧。呵呵呵，你这个奶崽，有什么用啊，眶眦大的用也没有，长了个鸡鸡，往后哪个媳妇愿意上门啰……"

丙崽望着这个颇像妈妈的妈妈，望着那死鱼般眼睛里的光辉，舔舔嘴唇，觉得这些嗡嗡的声音一点儿也不新鲜，兴冲冲地顶撞："×妈妈。"

母亲也习惯了，不计较，还是悠悠然地前后摇着身子，竹椅吱吱呀呀地呻吟。

"你收了亲以后，还记得娘吗？"

"×妈妈。"

"你生了娃崽以后，还记得娘吗？"

"×妈妈。"

"你当了官以后，会把娘当狗屎嫌吧？"

"×妈妈。"

"一张嘴只晓得骂人，好厉害咧。"

丙崽娘笑了，眼小脖子粗。对于她来说，这种关起门来的模仿，是一种谁也无权夺去的享受。

二

寨子落在大山里，白云上，常常出门就一脚踏进云里。你一走，前面的云就退，后面的云就跟，白茫茫的云海总是不远不近地团团围着你，留给你脚下一块永远也走不完的小小孤岛，托你浮游。小岛上并不寂寞，有时可见树上一些铁甲子乌，黑如焦炭，小如拇指，叫得特别干脆洪亮，有金属的共鸣。它们好像从远古一直活到现在，从未变什么样。有时还可能见白云上飘来一片硕大的黑影，像打开了的两页书，粗看是鹰，细看是蝶；粗看是黑灰色的，细看才发现黑翅上有绿色、黄色、橘红色的纹路斑点，隐隐约约，似有非有，如同不能理解的文字。行人对这些看也不看，毫无兴趣，只是认真地赶路。要是觉得迷路了，赶紧撒尿，赶紧骂娘，据说这是对付"岔路鬼"的办法。

点点滴滴一泡热尿，落入白云中去了。云下面发生了一些什么事情，似与寨里的人没有多大关系。秦时设有"黔中郡"，汉时设过"武陵郡"，后来"改土归流"……这都是听一些进山来的牛皮商和鸦片贩子说的。说就说了，吃饭还是靠自己种粮。

种粮是实在的，蛇虫瘴疟也是实在的。山中多蛇，粗如水桶，细如竹筷，常在路边草丛嗖地一闪，对某个牛皮商的满心喜悦抽上黑黑的一鞭。据说蛇好淫，把它装在笼子里，遇见妇女，它就会在笼中上下顿跌，几乎气绝。取蛇胆也不易，击蛇头则胆入尾，击蛇尾则胆入头，耽搁久了，蛇胆化水也就没有用了。人们的办法是把草扎成妇人形，涂饰彩粉，引蛇抱缠游戏，再割其胸，取胆，蛇陶陶然竟毫无感觉。还有一种挑生虫，人染虫毒就会眼珠青黄，十指发黑，嚼生豆不腥，含黄连不苦，吃鱼会腹生活鱼，吃鸡会腹生活鸡。解毒的办法是赶快杀一头白牛，喝生牛血，还得对牛血学三声公鸡叫。至于满山蒙蒙密密的林木，同大家当然更有关系了。大雪封山时，寄命一塘火。大木无须砍劈，从门外直接插入火塘，一截截烧完为止。有一种楠木，很直，直到几丈或十几丈的树巅才散布枝叶。古代常有采官进山，催调徭役倒伐这种树，去给州府做殿廷的楹栋，支撑官僚们生前的威风。山民们则喜欢用它造船板，远远送下辰州、岳州，那些"下边人"拆散船板移作他用，琢磨成花窗或妆匣，叫它香楠。但出山有些危险。碰上祭谷的，可能取了你的人头；碰上剪径的，钩了你的船，抄了你的腰包。还有些妇人，用公鸡血引各种毒虫，掺和干制成粉，藏于指甲缝中，趁你不留意时往你茶杯中轻轻一弹，可叫你暴死。这叫"放蛊"，据说放蛊者由此而益寿延年。故青壮后生不敢轻易外出，外出也不敢随便饮水，视潭中有活鱼游动，才敢去捧上几口。有一次，两个汉子身上衣单，去一个石洞避风寒，摸索进去，发现洞底有一堆人的白骨，石壁上还有刀砍出来的一些花纹，如鸟兽，如地图，如蝌蚪文，全不可解。谁知道这是怎么回事呢？

　　加上大岭深坑，长树干不易运送，于是大部分树木都用不上，雄姿英发地长起来，争夺阳光雨露，又默默老死山中。枝叶腐烂，年年厚积，软软地踏上去，冒出几注墨汁和几个水泡泡，用阴湿浓烈的腐臭，浸染着一代代山猪的嚎叫。

　　也浸染着村村寨寨，所以它们变黑了。

这些村寨不知来自何处。有的说来自陕西，有的说来自广东，说不太清楚。他们的语言和山下的千家坪的就很不相同。比如把"看"说成"视"，把"说"说成"话"，把"站立"说成"倚"，把"睡觉"说成"卧"，把指代近处的"他"换作"渠"，颇有点儿古风。人际称呼也有些特别的习惯，好像是很讲究大团结，故意混淆远近和亲疏，把父亲称为"叔叔"，把叔叔称为"爹爹"，把姐姐称为"哥哥"，把嫂嫂则称为"姐姐"，等等。爸爸一词，是人们从千家坪带进山来的，还并不怎么流行。所以照旧规矩，丙崽家那个跑到山外去杳无音信的人，应该是他的"叔叔"。

这与他没什么关系。

对祖先较为详细和权威的解释，是古歌里唱的。山里太阳落得早，夜晚长得无聊，大家就悠悠然坐人家，唱歌，摆古，说农事，说匪患，打瞌睡，毫无目的也行。坐得最多的地方，当然是那些灶台和茶柜都被山猪油抹得清清亮亮的殷实人家。壁上有时点着山猪油灯壳子，发出淡蓝色的光，幽幽可怖。有时则在铁丝的灯篮里烧松膏块，撒下赤铜色的光。碰到噼啪一炸，火光惶惶然一闪，灯篮就睡意浓浓地抽搐几下。火塘里总有烟火，冬天用火取暖，夏天用烟驱蚊。栋梁壁顶都被烟火熏得黑如墨炭，浑然一色中看不清什么线条和界限，散发出清冽戳鼻的烟味。还悬挂着一根根灰线子，火气一冲，就不时落下点点烟屑，上下飞舞，最后飘到人们的头上或肩上、膝头上，不被人们注意。

德龙最会唱歌了。他没有胡子，眉毛也淡，平时极风流，妇女们一提起他就含笑切齿咒骂。天生的娘娘腔，嗓音尖而细，憋住鼻孔一起调，一句句像刀子在你脑门顶里剜着、刮着，使你一身皮肉发紧，大家对他十分佩服：德龙的喉咙就真是个喉咙啊！

他玩着一条敲掉了毒牙的青蛇，进门来，嬉皮笑脸地被大家取笑，不需多劝，就会盯住木梁，捏捏喉头，认真地唱起来：

> 辰州县里好多房？
> 好多柱来好多梁？
> 鸡公岭上好多鸟？
> 好多窝来好多毛？

这类"十八扯"之外，最能博取笑声的是大胆的情歌，他也最愿意唱：（这里不便引大胆的。）

> 思郎猛哎，
> 行路思来睡也思，
> 行路思郎留半路，
> 睡也思郎留半床唻。

如果寨里有红白喜事，或是逢年过节，那么照规矩，大家就得唱"简"，即唱古，唱死去的人。从父亲唱到祖父，从祖父唱到曾祖父，一直唱到姜凉。姜凉是他们的祖先，但姜凉没有府方生得早，府方又没有火牛生得早，火牛又没有优耐生得早。优耐是他爹妈生的，谁生下优耐他爹呢？那就是刑天——也许就是陶潜诗中那个"猛志固常在"的刑天吧。刑天刚生下来时天像白泥，地像黑泥，叠在一起，连老鼠也住不下，他举斧猛一砍，天地才分开。可是他用劲用得太猛了，把自己的头也砍掉了，于是以后以乳头为眼，以肚脐为嘴。他笑得地动山摇，还是舞着大斧，向上敲了三年，天才升上去；向下敲了三年，地才降下来。

刑天的后代是怎么到这里来的呢？——那是很早以前，五支奶和六支祖住在东海边上，子孙渐渐多了，家族渐渐大了，到处都住满了人，没有晒席大一块空地。五家嫂共一个舂房，六家姑共一担水桶，这怎么活下去呢？于是在凤凰的提议下，大家带上犁耙，坐上枫木船和楠木船，向西山迁移。他们以凤凰为前导，找到了黄泱泱的金水河，金子再贵也是淘得尽的；他们找到了白花花的银水河，银子再贵也是挖得完的；最后才找到了青幽幽的稻米江。稻米江，稻米江，有稻米才能养育子孙。于是大家唱着笑着来了。

> 奶奶离东方兮队伍长，
> 公公离东方兮队伍长。
> 走走又走走兮高山头，
> 回头看家乡兮白云后。
> 行行又行行兮天坳口，
> 奶奶和公公兮真难受。
> 抬头望西方兮万重山，
> 越走路越远兮哪是头？
> …………

据说，曾经有个史官到过千家坪，说他们唱的根本不是事实。那人说，刑天的头是争夺帝位时被黄帝砍掉的。此地彭、李、麻、莫四大姓，原来住在云梦泽一带，也不是什么"东海边"。后因黄帝与炎帝大战，难民才沿着五溪向西南方向逃亡，进了夷蛮山地。奇怪的是，古歌里居然没有一点儿战争逼迫的影子。

鸡头寨的人不相信史官，更相信德龙——尽管对德龙的淡眉毛是看不上眼的。眉淡如水，是孤贫之相。

德龙唱了十几年，带着那条小青蛇出山去了。

他似乎就是丙崽的父亲。

三

丙崽喜欢看人，尤其对陌生的人感兴趣。碰上匠人进寨来了，他都会迎上去喊"爸爸"。要是对方不计较，丙崽娘就会眉开眼笑，半是害羞，半是得意，还有对儿子又原谅又责怪地呵斥："你乱喊什么？"

呵斥完了，她也笑。

窑匠来了，丙崽也要跟着上窑去看，但窑匠不让，因为有老规矩在。传说烧窑是三国时的诸葛亮南征时，路过这里，教给山民们的。所以现在窑匠来，先要挂一太极图，顶礼膜拜。点火也极有讲究，有阴火与阳火之分，用鹅毛扇轻轻扇起来——诸葛亮不就是用的鹅毛扇吗？

女人和小孩不能上窑，后生去担泥坯，也得禁恶言秽语。这些规矩，使大家对窑匠颇感神秘。歇工时，后生就围着他，请他抽烟，恭敬地打听点儿山外的事。这其中，最为客气的可能要数石仁，他总会盛情邀请窑匠到他家去吃肉饭，去"卧夜"——当然是由于他在家里并不能做主。

石仁外号仁宝，算是老后生了，还没有婚娶。他常躲到林子里去，偷看女崽们笑笑闹闹地在溪边洗澡，被那些白色的影子弄得快快活活地心痛。但他眼睛不好，看不大清楚，作为补偿，就常常去看小女崽撒尿，看母狗和母牛的某个部位。有一次，他用木棍对一头母牛进行探究，被丙崽娘看见了。这婆娘爱好是非，回头就找这个嘀咕几句，找那个嘀咕几句，眉头跳跳的，见仁宝来了才镇定自若地走开。后来仁宝上山挖个笋子，刮点儿松膏，或是到牛栏房去加点儿草料，也总看见那婆娘探头探脑，装着在寻草药什么的，死鱼般的眼睛充满信心地往这边瞥一瞥。仁宝冒着火，却没理由发作，骂了阵无名娘，还是不解恨，只好在丙崽身上出气。见到他，见他娘不在面前，也没什么旁人，就狠狠地在他脸上扇耳光。

小老头儿被打惯了，经得打，嘴巴歪歪地扯了几下，没有痛苦的表情。

他再来几下，手指有些痛。

"×妈妈，×妈妈……"小老头儿这才感到形势不妙，稳稳地逃跑。

仁宝追上去，捏紧他的后颈皮，让他给自己磕了几个响头。前额上有几颗陷进皮肉的沙粒。

他哭起来，哭没有用。等那婆娘来了，他半个哑巴，说不清是谁打的。仁宝就这样报复了一次又一次，婆娘欠下的债，让小崽又一笔笔领回去，从无其他后果。

丙崽娘从果园子里回来，见丙崽哭，以为他被什么咬伤或刺伤了，没发现什么伤痕，便咬牙切齿："哭，哭死！走不稳，要出来野，摔痛了，怪哪个？"

碰到这种情况，丙崽会特别恼怒，眼睛翻成全白，额上青筋一根根暴出来，咬自己的手，揪自己的头发，疯了一样。旁人都说："唉，真是死了好。"

后来，不知为什么，仁宝同她又亲亲热热起来，开口"婶娘"，喊得特别甜，特别轻滑。帮她家舂个米，修个桶，都是挽起袖子，轰轰烈烈地干。对有关丙崽娘的闲言碎语，他也总是力表公允地去给以辩解和澄清。旁人自然有些疑惑。寡妇门前是非多，他们耳根不清净，被妇女们指指点点，也是难免的。

丙崽娘挤着笑眼看他，想为他说门亲。她常常出寨去接生，跑的地方多，同女人们熟，但说过好几家，未见得人家送八字红帖来。也不奇怪，这几年鸡头寨败了，单身后生岂止仁宝一个？仁宝由此悲观了几年，渐渐有了老相。听说有一种"花咒"——后生看中了哪位女子，只要取她一根头发，系在门前一片树叶上，当微风轻拂的时候，口念咒语七十二遍，就能把那女子迷住。仁宝也试过，没有效果。

他眼睛有点儿眯，没看清人的时候，一脸戳戳的怒气。看清了，就可能迅速地堆出微笑，顺着对方的言语，惊讶，愤慨，惋惜，或者有悲天悯人的庄严。随着他一个劲地点头，后颈上一点儿黑壳也有张有弛。他尤其喜欢接近一些平凡的人物：窑匠，界（锯）匠，商贩，读书人，阴阳先生，等等。他同这些人说话。总是用官话。吹捧之后，巧妙地暗示自己也记得瓦岗寨的一条好汉乃至六条好汉。有时还从衣袋摸出一块纸片，出示上面的半边对联，谦虚谨慎地考一考外来人，看对方能否对得出下联，是否懂一点儿平仄。

自己也就有些地位了。

山下女崽多，他常下山，说是去会朋友，有时一连几天不见他的影子。不知他什么时候走的，什么时候回来的。菜园子都快荒了，草深得可以藏一头猪。从山下回来，他总带回一些新鲜玩意儿，一个玻璃瓶子，一盏破马灯，一条能长能短的松紧带子，一张旧报纸或一张不知是什么人的小照片。他踏着一双很不合脚的大皮鞋壳子，在石板路上嘎嘎吱吱地响，更有新派人物的气象。

仁宝的父亲仲满，是个裁缝，也不会做菜园，不会喂猪，对他那皮鞋壳子最感到戳眼。"畜生！三天两头颠下山，老子剁了你的脚！"

"剁死也好，来世投胎到千家坪去。"

"到千家坪，吃金子屙银子？"

"千家坪的王先生穿皮鞋，鞋底还钉了铁掌子，走起来当当地响，你视见过？"

仲满没见过什么钉铁掌的皮鞋，不敢吭声了。停了片刻才说："皮鞋子上不得坡，下不得河，不透气，穿起来脚臭，有什么稀奇？"

"铁掌子，我是说铁掌子。"

"只有骡马才钉掌子，你不做人，想做个畜生？"

仁宝觉得父亲侮辱了自己的同志，十分恼怒，狠狠地报复了一句："辣椒秧子都干死了！晓得吗？"

叭——裁缝一只鞋摔过来，正打仁宝的脑袋。他不允许儿子这样不遵孝道。

"哼！"

仁宝怕，但坚强地不去摸脑袋，冲冲地走进另一间屋，继续戳他的旧马灯罩子。

听说他挨了打，后生们去问他，他总是否认，并且严肃地岔开话题："这鬼地方，太保守了。"

后生们不明白，保守是什么意思，于是新名词就更有价值，他也更有价值。人们常见他忙忙碌碌，很有把握地窝在自家小楼上，研究着什么。有时研究对联，有时研究松紧带子，有时研究烧石灰窑。有一回，还神秘地告诉后生们：他在千家坪学会了挖煤，现在他要在山里挖出金子来。金子！黄澄澄的金子哩！他真的提着山锄，在山里转了好几天。有几个想沾光的后生，偷偷地跟着看，看了几天，发现他并没有真正动手。

对付同伴们的疑惑，他宽容地笑一笑，然后拍拍对方的肩，贴心地做些勉励："就要开始了，听说没有？县里来了人，已经到了千家坪，真的。"或者说："就要开始啦，真的，明天就会落雪，秧都靠不住。"说完回头望一望什么，似乎总有个无形的人在跟着他。

有时甚至干脆只有一句："你等着吧，可能就在明天。"

这些话赫赫有威，使同伴们崇敬，但大家弄不懂其中深意。要开始，当然好，要开始什么呢？是要开始烧石灰窑？还是要开始挖金子，还是像他曾经说过的那样——开始下山去做上门女婿？不过众人觉得他穿着皮鞋壳子，总有沉思的表情，想必有些名堂。邀伴去犁田、倒树，干这一类庸俗的事，不敢叫他了。

今天开祠堂门商议祭谷神，他不以为然。他见过千家坪的人做阳春，那才叫真正的做家。哪像这鬼地方，一年一道犁，不开水圳也不铲倒塝，还想田里结谷？再说田里谷多谷少，也与他的雄图没有关系。不过他还是去看了看。他看到父亲也在香火前下拜，就冷笑。这像什么话呢？为什么不行帽檐礼？他在千家坪见过的。

他自信地对身边一个后生说："会开始的。"

"开始。"后生不解地点点头。

他觉得对方并非知音，没什么意思。于是目光往左边的女人们投过去。有个媳妇，晃着耳环，不停地用衣袖擦着汗珠。跪下去时没注意，侧边的裤缝张开了，露出了里面的白肉。仁宝眯着眼睛，看不太清楚，不过已经足够了，可以发挥想象了，似乎目光已像一条蛇，从那窄窄的缝里钻了进去，曲曲折折转了好几个弯，上下奔窜，恢恢乎游刃有余。他在脑子里已经开始亲那位女人的肩膀、膝盖，乃至脚上每个指头，甚至舌尖有了点儿酸味和咸味……

他想，他一定要去同那位媳妇谈一谈帽檐礼。

四

女人们爱坐人家，偷偷地沿着屋檐溜进东家或西家，凑在火塘边叽叽咕咕一阵，茶水喝干了几吊壶，尿桶里涨了好几寸，直说得个个面色发白，汗毛倒竖，才拿起竹篮或捣衣的木槌，罢休而去。她们早就在说，某某家的鸡叫起来像鸭；腊月里居然没下一场雪。丙崽娘去岭那边的鸡尾寨接生，还带回来一个消息，说鸡尾寨的三阿公坐在屋里被一条大蜈蚣咬死了，死了两天还没有人知道，结果有只脚被老鼠吃去了一半——好像都是些不祥之兆。

但后来又有人说，三阿公并没有死，前两天还看见他在坡上扳笋子。这样一说，三阿公又变得恍恍惚惚，有无都成为一个问题了。

像要印证这些兆头似的，后来一阵倒春寒，下了一阵冰雹，田里大部分秧苗都冻成了黑水，只剩下稀稀拉拉几根，像没有拔尽的鸡毛。几天后暴热，田里又多虫。

碰上寨子里这几年奶崽生得多，家家都觉得米柜太浅，一舀就见到底。有的开始借谷，一借就有了连锁反应，不管楼上有谷没谷的，都踊跃地借，以示自己也会盘算村邻。丙崽娘也借得要死要活的，其实心里并不很着急。这两年来她大模大样地积德，义务照看祠堂。怕老鼠啃了族谱，扰乱了祖宗的安宁，就养了一只猫。这只猫不能亏待，每年由公田出两担谷养着它。丙崽娘天天拿瓦罐盛着半罐饭，吆吆喝喝从一些门户前经过，说是去送猫食，其实一进祠堂，就自己吃了。靠这只猫，娘崽不也可以混个半饱吗？大家似乎知道这个中机巧，有人在她背后指指点点。她横眉横眼，装着没听见就是。

一直借到寨子里人心惶惶，女人们又开始谈起祭谷神。丙崽娘有点儿兴高采烈，积极投入了这场对谷神的议论。得闲的时候，就带上针线鞋底，拉上丙崽，矮胖的身子左一顿，右一顿，屁股磨进一家家高大的门槛。对一些没听说过谷神的女崽，好谆谆教导：这可是个老规矩呢。要杀个男的，选头发最密的，分给狗吃。杀到哪一家，就叫哪一家"吃年成"……说得姑娘们睁大眼睛，互相挤靠得越来越紧，她又笑起来，神秘地压低声音："你屋里不会吃年成的，放心。你男人头发胡子都稀……不过，也不蛮稀。"或者说："你屋里不会吃年成的，放心。你竹哥太瘦了，没有几斤肉，不过……也不蛮瘦。嗯啦。"

她圆睁双眼，把一户户女人都安慰得心惊肉跳之后，才弯着一个指头，把碗里的茶叶扒起来，嚼得吱吱响，拉着丙崽起了身，严肃认真地告别："吾去视一下。"

"视一下"有很含混的意思，包括我去打听一下，我去说说情，有我做主，或者是我去看看我的鸡埘什么的，都通。但在女人们的恐慌中，这种含混也很温暖，似乎也值得寄予希望。

实在是看鸡埘去了。

鸡埘那边就是仁宝父子的家。丙崽娘看完鸡埘，总是朝那边望一眼。这一眼的意思也很模糊，似乎是招呼，似乎是警惕，似乎是窥探隐私，也似乎是不示弱地挑战。每天都这样偷偷地望几眼，叫仲裁缝心里发毛。

仲裁缝恨女人，更恨丙崽娘。说起来她还算他的弟媳，又与他打邻，地坪相连，树荫相接，要是拆了墙壁，大家会发现对方也不过是吃饭、睡觉、训儿子，没什么两样。但越接近就越看得清楚，看出些不一样来。丙崽娘常常挑起一竹篙女人的衣裤，显眼地晒在地坪里，正冲着裁缝的大门，使他一出门就觉得很晦气，这不是有辱斯文吗？她还经常在地坪里摊晒一些胞衣，作为大补佳药拿去吃，或卖钱。那些婆娘腹中落下来的肉囊，有血腥气，在晒席上翻来滚去的，晒出一条条皱纹，像一个个鬼魂，令人须发倒竖。不过，这一切都不如她那眼光可恶。似乎是心不在焉地看一眼，有毫无理由的理由，有毫不关心的关心，像投来一条无形的毒蛇。

"妖怪！"有一天，仲裁缝在大门口怒骂起来。

地坪里没有他人，正架起一条腿剥脚皮的丙崽娘知道他是骂谁。哼了一声，又恨恨地剥下两大块茧皮。

就这样交了恶。但仲缝裁从没有拿丙崽复仇。有一回，小老头儿怯怯地来到他家门口，研究了一下他脸上的麻子，把绿色的一团鼻涕抹在条凳上的一段布料上。裁缝只是瞪了一眼，旋即把布料塞进火塘，烧了。

避女人与小子，乃有君子之风。仲裁缝算不算君子，不好说。但他在寨子里是个有"话份"的人。话份也是一个很含糊的概念，初到这里来的人许久还弄不明白。似乎有钱，有一门技术，有一把胡须，有一个很出息的儿子或女婿，就有了话份。后生们都以毕生精力来争取有话份。

有话份意味着有人来听你说话。仲裁缝粗通文墨，自婆娘早死之后，孤独度日，读了几本六叔留下来的没头没尾的线装页子，知道不少似真似假的旧事。晋公子重耳、吕洞宾、马伏波，还有他最为崇拜的贤相诸葛亮。有时也在火塘边把竹烟管吸得嘀啰啰地响，慢条斯理向后生们讲上两段。三个字一顿，五个字一停，说话时总是开口半晌以后，再"哎"一声，再接上正文。目光茫茫然，像不是同听者讲话，是在同死去的先人讲话，后生们望着他脸上几颗冷峻的阴麻子，不敢催促他。

"汽车算个卵。"他说，"卧龙先生，造了木牛流马。只怪后人蠢了，就失传了。"

他还说："先人一个个身高八尺，力敌千钧。哪像现在，生出那号小杂种。"

大家知道他是说丙崽。

他越这样感慨，越觉得日子不顺心。摇着蒲扇，还是感到闷，鼻尖上直冒汗——呸！妖怪，先前哪有这么热呢？他恨椅子也太不合意，吱吱呀呀叫得很阴险——妖怪，如今的手艺也真是哄鬼啊，先前一把椅子从出嫁坐到外婆，还是紧紧实实的。想来想去，觉得没有了卧龙先生，世道怕是要败了，这鸡头寨怕是要绝了。

是要绝了吗？

眼下，听人们都在议论要祭谷神，他坐在家里不知要做点儿什么才好。好像出了点儿问题，仔细思量，才知是肚子饿了。近来很少有人接他去做衣，得自己煮饭。即使接他去，人家的饭食也越来越软，这是他最不能忍受的。如果米饭不是粒粒如铁砂，他绝不摸筷子。

"仁拐子！"他叫喊。

没有人回答。

他又喊了一声，想了想，上楼去找。发现儿子的铺盖蚊帐，还有他的锈马灯壳子一类，都不翼而飞。只剩下一张空床，还有几个大瓦坛子，很久没有酸菜可装的，倒立在墙角，像几个囚犯在受大刑，永远倒栽在那里。还有一具棺木，不知是仁宝为谁准备的，横霸中央，呼呼大睡。

明白了什么，一句话也没说。

他看见墙边一只老鼠一晃，好像更明白了什么。妖怪！对了，就是这个妖怪！——他梦见过的，梦里的这只老鼠，还拱手而立，同情地冲他笑了笑。这畜生耳红足赤，眼睛也红鲜鲜的。在书上不是说过吗？那是偷吃胭脂所致。妖妇捕之可为媚药。仁拐子一定是被它媚去的，这个寨子也一定是被它败了的！

仲裁缝骂着娘，一铁尺打过去，咣地破了个坛子，老鼠尾巴又缩进壁缝去了。他跑到另一个房间，撬破一个木柜，捅烂两只篾篓，还是没有胜利。咚咚咚地跑到楼下，凡可疑之处都给以惊天动地的检查。一瞬间，碗钵烂了，吊壶也倒了，桌椅板凳都苦苦地跪倒或趴下，或歪歪斜斜地艰难站立，他引火烧鼠洞，黑油油的帐子又接上了火，燎起热爆爆的一片金黄色光亮。

老鼠总算被他戳死了，大小六只，全被他斩首断肢，拿到火塘中烧出了一股奇臭。他听见地坪中有沉着的脚步声，回过头，又看见丙崽娘若无其事地朝这边看了一眼，更冒出一股无名火。咬咬牙，把老鼠的尸灰泡在水里，全都喝了下去。

他脸发黑，感到丹田之气已尽，默坐一阵之后，出了门。

公鸡正在叫午，寨里静得像没有人，像死了。对面是鸡公岭，鸡头峰下一片狰狞的石壁，斑斓石纹有的像刀枪，有的像旗鼓，有的像兜鍪铠甲，有的像战马长车，还有些石脉不知含了什么东西，呈棕红色，如淋漓鲜血，劈头劈脑地从山顶泻下来，一片惨烈的兵家气象。仲裁缝觉得，那是先人们在召唤自己。

路边瓜棚里，冒出一张老人的笑脸。

"仲老，吃了？"

"吃了。"也淡淡一笑。

"要祭谷神？"

"要祭的。"

"要谁的脑袋？"

"听说……摇签吧。"

"摇签？"

"你吃了？"

"吃了。"

"哦，吃了的。"

双方不再说话。

山上的树漫天生长。从茶子坡过去，大木就多了。有些树上扎了篾条，那都是寿木。寨里的人很小就要上山给自己看寿木的，看中了，留个记号，以后每年来看一两次。但仲裁缝很少进山，也一直没来选过寿木，而且憎恶这一根根居心不良的鸟树。君子坐有坐相，立有立相，死也要有个死相，死得不能倒威。说死就死，准备什么？他捏着弯刀来的，要选一块好位置，砍出一个尖尖的树桩，坐桩而死，死得慷慨。他见过这样死去的人，前些年马子洞龙拐子就是一个，他咯痰，咯得不耐烦，就去死。死后人们发现树桩前的地皮都被十指抓得坑坑洼洼的，起了一层浮土，可见死得惨烈，死得好，载上了族谱。

他选了一棵小松树，用裁缝的手，不熟练地砍削起来。

五

本来要拿丙崽的头祭谷神，杀个没有用的废物，也算成全了他。活着挨耳光，而且省得折磨他那位娘。不料正要动刀，天上响了一声雷，大家又犹疑起来：莫非神圣对这个瘦瘪瘪的祭品还不满意？

天意难测。于是备了一桌肉饭，请来一位巫师。巫师指点：年成不好，主要是叫鸡精在作怪——你们没看见对面的那鸡公岭吗？鸡头峰正冲着寨里的两垄田，把谷子都吃进肚子里去啦。

人们立即商议着要炸鸡头。这事牵涉到鸡尾寨。鸡尾寨也是个大寨，几百号人口，在寨前的麻石大牌坊下进进出出，主要以种鸦片为业，比较富足。出了一些读书人，据说有的成了大文豪，有的在新疆带兵，回乡省亲都是坐八人大轿。过年，寨里家家宰牛，有牛叫，牛皮商也最喜欢往那里钻。寨前一口水井，一棵大樟树，常有些娃崽在树下用小石块玩开山棋，人们一直把树和井当作男女生殖器的象征，常常敬以香火，祈望寨子里发人。

有一年寨子里一连几胎都生的女崽，还生了个什么葡萄胎，弄得空气十分紧张。查究了一段，有人说鸡头寨的一个什么后生路过这里时，曾上树摸鸟蛋，弄断了一根枝丫。

从此两寨结下了怨恨。后来又有人说，那是马子洞与鸡尾寨有世仇，暗中着事，移祸于他。这段公案查无实证，不了了之。官府鞭长莫及，也不来过问，只是有次要修官道，来山里催过一次徭役。

听说鸡头寨要炸鸡头，却是确凿的了。鸡尾寨果然更是群情激奋。他们的田土肥沃，就是靠鸡屁股拉屎，对炸鸡头岂能不管？在岭上吵了一架，双方还动起手脚来，鸡头寨的后生撤回去了。

寨里还是很安静。有鸡叫，有牛铃铛的声音，或某个屋顶下冒出一句女人骂男人的声音，只冒一下，就被巨大的沉默湮灭了。丙崽摇摇摆摆地敲着一面小铜锣，口袋里有红薯丝，掏出来一两根，就撒落了三四根，引来两条狗跟着他转。他对仲裁缝家的老黑狗会意地笑了一笑，又朝两棵芭蕉树哇地叫嚣了一声。近来他对祠堂有些好感了，大概没忘记那天准备砍他的头之前，他在那里吃过一餐肉饭。于是低压着头，朝那边一顿一顿地"冲线"。

几个娃崽在祠堂前玩耍，看见了他。

"视，宝崽来了。"

"他没有叔叔，是个野崽。"

"吾晓得，渠是蜘蛛变的。"

"根本不是，渠的妈妈是蜘蛛变的。"

"要渠磕头，好不好！"

“不！要渠吃牛屎！最臭最臭的，啊呀，臭死人！”

“哈哈！”

…………

丙崽朝他们敲了一下锣，又舔一舔鼻涕，兴奋地招呼：“爸
爸——”

“哪个是你爸爸？呸！矮下来！”

娃崽们围上去，捏他的耳朵，让他跪在一堆牛屎前，鼻尖就
要触到牛粪堆了。

幸好来了一群热热闹闹的大人，才使娃崽们的兴趣转移，遗
憾地一哄而散。丙崽还在那里跪着，半天发现周围已没有人影，
他爬起来朝四下看看，咕咕哝哝，阴险地把一个小娃崽的斗笠狠
狠踩了几脚，再若无其事地跟上人群，看热闹。

大人们牵来了一头牛，牛身上的泥片已被洗刷干净了，须毛
清晰，屁股头的胯骨显得十分突出。牛嘴总是湿腻腻的，一挪一
磨，散出胃里翻出来一种草料臭。但丙崽并不怕，对动物都
不怕。

一个汉子提着大刀走过来，把刀插在地上，脱光上衣，大碗
喝酒。那刀也令丙崽感到新奇。刀被磨洗过，刀口一道银光，柔
顺而清凉，十分诱人。有凹纹的木柄被桐油擦得黄澄澄的，看来
很合手，好像就要跳到你手上来，不用你费什么力，就会嚓地朝
什么东西砍去。

汉子已经喝完酒了，叭的一声，随手把酒碗摔碎。拔起刀走
过来，一跺脚，一声嘿，手起刀落，牛头就在地动山摇之间离开
了牛身，像一块泥土慢慢垮下来，牛角戳地，戳出一个小土块。
牛颈处像一个西瓜的剖面，皮层裹着鲜鲜的红肉。但没有头的牛

身还稳稳地站了片刻。

娃崽们吓了一跳，他们不知道，这是一种战前的预测。当年马伏波将军南征时，每次战斗前都要砍牛头，如牛身进，则预示胜利，否则是失败。

"赢！"

"赢了！"

"杀他的鸡尾寨！"

牛往前倒了，汉子们欢呼起来。这突然的声音太响亮了。太有酒气了，丙崽吓得半边嘴唇向上跳了一下，咕咕哝哝。

他看见有一缕红红的东西，从大人们纷杂的腿缝中流出来。像一条赤蛇，弯弯曲曲地窜。蹲下去捏了捏，有些滑手。弄到衣上，倒很好看。不一会儿，满身满脸就全是牛血。大概牛血弄到嘴里有些腥，小老头儿翻了个白眼。

娃崽们望着他的脸，拍手笑起来。他不知道人们笑什么，也笑起来。

人影和人声更多了。丙崽娘也提了个篮子来，想看看牛肉怎么分。听人家说，不出阵的没有肉吃，正噘着嘴巴生气。一眼瞥见丙崽这血污污的样子，更把脸盘气大了。"你要死！要死啊！"她上前揪住小老头儿的嘴巴，揪得眼皮直往下扯，黑眼珠转都转不过来，似乎还望着祠堂那边。

"×妈妈。"

"又要老子洗，又要老子洗，你这个催命鬼，要磨死我啊！"

"×妈妈。"

儿子骂亲娘，似乎是很好笑的事。于是有些后生拍手，喷酒气："丙崽，咒得好！""丙崽，再咒！""再咒！"……气得丙崽娘绷紧一脸横肉，半天都不正眼望人。

她把丙崽像提小狗一样提回家，当然少不了又是一顿好打。"死到外面去做么事？做么事！要打冤了，你上得阵？"

把丙崽一索子捆在椅子上，自己拿起三炷香，掩门到祠堂里去了。

丙崽在椅子上睡了一觉。听见外面远远有锣声，接着是吹牛角号，接着就平静了。不知什么时候，外面又有嘈杂的脚步声、叫喊声、铁器碰撞的声音，然后又有女人的号哭……外面发生了什么事。

夜里，松明子闪闪烁烁，男女老幼，全都头缠白布，聚集在祠堂门内外，一眼看去，密密的白点，起起伏伏，飘移游动。女人们互相扶着、靠着、抱着，哭得捶胸顿足，天昏地暗，泪水湿了袖口和肩头。丙崽娘也陪着把眼圈哭红了，显得纯真了，有一张娃娃脸，不时用袖口去擦拭。她坐在二满家的媳妇旁边，缩缩鼻子，捏住对方的手，用外乡口音说："人生一世，草木一秋，去也就去了。你要往开处想。你还有后，吾呢，那死鬼不知是死是活，一个丙崽也做不得个正人用的，啊？"

她说得确实诚恳，但女人们还是哭。

"打冤总是要死人的，早死也是死，晚死也是死。早死早投胎，说不定投个富贵人家，还强了。"

女人们还是哭出各种怪腔调。

大概想到了什么伤心处，丙崽娘拍着双膝，也大哭起来。白布条在胸前滑上去，又滑下来。"吾那娘老子哎，你做的好事呀！你疼大姐，疼二姐，疼三姐，就是不疼吾哇！你做的好事呀，马桶脚盆都没有哇……"

这就不知道是什么意思了。

火光越烧越亮。人圈子中央，临时砌了个高高的锅台，架着一口大铁锅。锅口太高，看不见，只听见里面沸腾着，有咕咕嘟嘟的声音，腾腾热气，冲得屋梁上的蝙蝠四处乱窜。大人们都知道，那里煮了一头猪，还有冤家的一具尸体，都切成一块块，混成一锅。由一个汉子走上粗重的梯架，抄起长过扁担的大竹扦，往看不见的锅口里去戳，戳到什么就是什么，再分发给男女老幼。人人都无须知道吃的是什么，都得吃。不吃的话，就会有人把你架到铁锅前跪下，用竹扦戳你的嘴。

劈柴和松膏烧得叭叭作响，灶口的火气一浪浪袭来，把前排人的胯裆都烤热了，不由自主往后挪。油浸浸的长竹扦，映着火色，亮亮的。不时带出一点儿汁水来，也很亮，像零零星星落下一些火珠，落入暗处。一个赤着上身的大汉站起来，发疯般地大叫一声："怕死的倚开！老子一个人……"又被几双手拉扯下去了，每块白布下面都有一双眼睛，每双眼睛里都有火光在跳动。你最好不要看四壁和屋顶，不然你会发现那些比真人扩大了几倍及至十几倍的人影，一下被拉长了，一下又压瘪了，忽大忽小，轮廓随时扭曲成各种形状。

"德龙家的，过来！"

叫到丙崽娘的名字了。她哭得泪眼糊糊的，还在连连拍膝。

"吾不要哇……"

"碗拿过来。"

"吃命啊……"

"丙崽，你吃。"

丙崽咬着开裆裤的背带，很不耐烦地被推到前面。他抓起一块什么肺，放到口中嚼了嚼，大概觉得味道不好，翻了个白眼，忧心忡忡地朝母亲怀里跑去了。

"你要吃。"有人叫他。

"你要吃!"很多人叫他。

一位老人，对他伸出寸多长的指甲，响亮地咳了一声，激动地教诲："同仇敌忾，生死相托，既是鸡头寨的儿孙，岂有不吃之理?"

"吃!"掌竹扦的那位，冲着他把碗递过去。于是，屋顶上有了一个无比巨大的手影。

六

仁宝以为那天一声炸雷，是冲着自己的什么淫邪念头来的。悬心吊胆，卷起铺盖下山去了。一是躲雷威，二是想打打零工，找个机会再去做上门女婿。他听说前几天有一队枪兵从千家坪过，觉得太好了。嘿! 这不就是要开始了吗? 可枪兵过就过了，既没有往鸡头寨去，也没邀他去畅谈一下什么，使他相当失望。倒是有一个担炭的从山里出来，说鸡头寨与鸡尾寨打冤了，还说马子溪漂下来了一具尸体，不知为什么脚朝上，吓死人……

仁宝想起鸡尾寨有他一位窑匠朋友，一位教书先生朋友，堪称莫逆，想回去劝劝乡亲们言和算了。同饮一溪水，动什么武呢? 坐拢来吃餐肉饭不就行了?

仁宝回到家里，发现父亲重伤在床——那天他去坐桩，被一个砍柴的发现了，把他救回来的。

"不是渠不孝，仲爹何事会寻绝路?"

"坐桩没死，兴怕也会被气死。"

"崽大爷难做，没得办法。"

"你看渠个脸相，吊眉吊眼的，是个克爷娘的种。"

"娘故得那样早，兴怕……"

这些话，从耳后飘来，仁宝都听入耳了。他装着没听见，毫无意义地扫了扫地，又毫无意义地踩死了几只蚂蚁，把父亲的水烟筒抽了一阵，往祠堂去了。

祠堂门前一圈人，正在谈打冤的事。这似乎是端正形象的好机会。

"鸡头峰嘛，这个，当然啰，可以不炸的。"他显出知书识礼的公允，老腔老板地分析，"炸不掉，躲得开的。不过话说回来，说回来，鸡尾寨明火执仗打上门来，欺人太甚！小事就不要争了，不争——"闭眼拖起长长的尾音，接着恶狠狠地扫了众人一眼，"但我们要争口气！争个不受欺！"

打冤的正义性，被他用新的方式又豪迈地解说了一遍。众人没怎么在意他那番道理，只觉得那恶狠狠的扫视还是很感人的。他眯着眼睛，看出了这一点，更兴奋了。把衣襟嚓的一下撕开，抢起一把山锄，朝地上狠狠砸出一个洞，吼着："报仇！老子的命——就在今天了！"

他勇猛地扎了扎腰带，勇猛地在祠堂冲进冲出，又勇猛地上了一趟茅房，弄得众人都肃然。最后，发现今天没有吹牛角，并没有什么事可干，就回家熬苞谷粥去了。

总像要开始什么，他在寨内外转来转去，对着一棵树，或一块岩石，锁着眉头细心研究。弄得后生去守哨，都不敢叫他。转完了，他见人就做心情沉重的嘱托："金哥，以后家父，就拜托你了。我们从小就像嫡亲兄弟，不分彼此的。那次赶肉，要不是你，吾早就命归阴府了。你给吾的好处，吾都记得的……"

"二伯爷，腰子还阴痛吗？你老要好好保重。有些事只怪吾，吾本来要给你砍一屋柴火。那次帮你垫楼板，也没垫得齐整。往后走，你要吃就吃点儿，要穿就穿点儿，身骨子不灵便，就莫下田了。侄儿无用，服侍你的日子不多了，这几句还是烦请你把它往心里去……"

"黄嫂子，有件事，实在想找你话一话。吾以前做了好些蠢事，你莫记恨。有次偷了你家两个菜瓜，给窑匠师傅吃了，你不晓得。现在吾想起来，圈心蒂子都是痛的。吾今日特地来，说声得罪了，对不起。你要咒，就咒……"

"幺姐……你……你在洗吗？这次……实在是没有办法了，你千万……莫难过。吾是个没用的人，文不得，武不得，几丘田都做不肥。不过人生一世，总是要死的。八尺男儿，报家报国，义不容辞。你话呢？好些事，眼下也没法讲了。反正只要你心里还有一个石仁哥，吾去也就落心落意了。你千万……硬朗点儿，形势总会好的。吾这就告辞了……"

他很能克制悲伤，不时缩缩鼻子。

弄得大家都有点儿戚戚地悲伤了，"石仁哥，你不要这样。"

"不，吾决心已定。"他低着头，望着路边一块破瓦片。

都不知道他要干什么，不知道他马上要干什么。听见他的皮鞋子还是在石阶上响来响去，发现他还没有去赴汤蹈火。好在山里的事情多，又是鸡上屋，又是牛吃谷，又是丙崽娘为丙崽的事同什么人吵架，众人也没顾上研究这位大忙人。甚至也慢慢习惯了。要是他不忙，众人还会觉得少了点儿什么，有什么地方不对劲了。

这天,他被仲裁缝骂出了门,抹抹脸,往祠堂踱去。那里正在写帖子告官。自古打冤都是不动朝,不告官的,如今找官府打交道,对文书款式都没有把握。几位老人想了想,记起仲裁缝说过的什么,对提笔的那位说:"兴许,叫禀帖吧?"

人群中冒出仁宝一撮硬戳戳的头发,摇摇手:"不是不是,叫报告。"

"禀帖吧?

"是报告。"

"总要讲点儿礼性。"

"要讲礼性,报告就最礼性了。"仁宝宽容地一笑,"没错的,没错的。"

"你去问你叔叔。"

"他只懂些老皇历。"

"是禀帖。"

"你不看现在是什么时候?"

"报告?听起来太戳气了。下边人用,下边人打个屁也是香的?"

"伯爷们,大哥们,听吾的,绝不会差。昨天落了场大雨,难道老规矩还能用?吾们这里也太保守了,真的。你们去千家坪视一视,既然人家都吃酱油,所以都作兴'报告'。你们晓不晓得?松紧带子是什么东西做的?是橡筋,这是个好东西。你们想想,还能写什么禀帖吗?正因为如此,吾们就要赶紧决定下来,再不能犹犹豫豫了,所以你们视吧。"

众人被他"既然""因为""所以"了一番,似懂非懂,半天没答上话来。想想昨天确实落了雨,就在他"难道"般的严正感面前，勉强同意写成"报帖"。

接下去，又发生一些问题。老班子要用文言写，他主张要用白话；老班子主张用农历，他主张用什么公历；老班子主张在报告后面盖马蹄印，他说马蹄印太保守了，太土气了，免得外人笑话，应该以什么签名代替。他时而沉思，时而宽容，时而谦虚地点头附和——但附和之后又要"把话说回来"，介绍各种新章法，俨然一个通情达理的新党。

"仁麻拐，你耳朵里好多毛！"竹义家的大寨突然冒出一句。

仁宝自我嘲地摆摆头，嘿嘿一笑，眼睛更眯了。他意会到不能太脱离群众，便把几皮黄烟叶掏出来，一皮皮分送给男人们，自己一点儿末屑也没剩。加上这点儿慷慨，今天的表现就十分完满了。

他摩拳擦掌，去给父亲寻草药。没留神，差点儿被坐在地上的丙崽绊倒。

丙崽是来看热闹的，没意思，就玩鸡粪，不时搔一搔头上的一个脓疮。整整半天，他很不高兴，没有喊一声"爸爸"。

七

连连失利，连连赔头，大家慌了，就乱想了，有个后生突然想起了一些古怪的事。他说那天要杀丙崽祭谷神，突然天降霹雳。后来宰牛占卜胜败，不灵；丙崽咒了句"×妈妈"，像是给了个坏兆头，却灵验了……这不十分可疑吗？

这一想，大家都觉得丙崽神秘，你看他只会说"爸爸"和"×妈妈"两句话，莫非就是阴阳二卦？

大家决定打一打这个活卦。于是连忙拆了张门板，把丙崽抬到祠堂前。

"丙相公。"

"丙大爷。"

"丙仙。"

汉子们伏拜在他面前，紧紧盯住他，一双双眼球顶得额头上皱纹叠着皱纹。

丙崽刚坐过门板，很快活，脸上笑得皱纹舒展，把停下来的门板踩了好半天，发现它不再动了，便翻了个白眼。

实在不好理解。

是不是他要吃了才显灵呢？有人给他弄来了一块粽粑，又使他兴奋起来。他掰了一块，没抓稳，掉了，其实就掉在他右脚边，但他眼睛和脑袋转起来都不灵活，轮着眼皮居然左边望了一下。这样吃下去，吃一半掉了一半，每掉一块，照例去找，照例找错了方向。发现了前几次掉的，捡起来就往嘴里塞。

他拍拍巴掌，听见了麻雀叫，仰头轮了个方向不够准确的白眼。最后，手指定了一个方向，咕哝一句："爸爸。"

"胜卦！"

汉子们欢呼着一跃而起。不过，丙崽的手指是什么意思呢？顺着他指的方向看去，那是祠堂一个尖尖的檐角，向上弯弯地翘起。瓦上生了几根青草，檐板已经腐朽苍黑，像一只伤痕累累的老凤，拖着长长的大翼，凝望着天空。檐下有麻雀叽叽喳喳地叫。

"渠是指麻雀。"

"不，是指屋檐。"

"檐和言同音，怕是要言和？"

"絮聒！檐和炎同音，双火为炎，是要用火攻。"

争了半天，最后还是服从有"话份"的。于是用火攻，又打了一仗。混战回来点人头，发现又少了几颗。

寨子里的狗，已经习惯牛角声了，一听到呜呜地吹起来，须毛就蓬勃地张扬竖立，纷纷挤出门缝，跳越石墙，身体拉成一条线，向号声射去，满怀希望地尾随着人影。坡上，路口，圳沟里，都可能出现尸体。它们撕咬着，咀嚼着，咬得骨头咔咔咔地脆响。一只已经吃得肥大起来，眼睛都发红，在茅草中窜来窜去时，只见草动，动成一线，像条条草龙。龙头所到之处，都有血迹，还有丝丝块块，被它们叼得满处都是。有时你去灶房，无意中搬开一捆柴火，也许会突然发现柴弯里滚出一只陌生的手或脚来。

它们对人突然变得十分有兴趣了。有一群人在议事，或者有两个人吵架，都会引来狗。它们大大方方地露出尖牙，长长的舌头活泼得像一条飘带，一片水波，等待着什么结果发生。据说竹义家的阿公有次在树下打瞌睡，被狗误认成尸体，大咬了一口。

丙崽把一泡屎拉在椅子上了。

丙崽娘照例唤狗来舔："呵哩——呵哩——呵哩——"

狗来了，嗅一嗅屎又走了，似乎对屎尿已丧失了热情。它们来，是因为听到召唤，来敷衍一下，在主人面前不显得过分的趾高气扬，富贵不忘旧情。

于是寨子里屎多了，苍蝇多了，臭起来。

丙崽娘遇到竹义家的媳妇，缩缩鼻子："你身上怎么有股臭味？"

竹义家的瞪大眼："怪事！是你身上臭。"

两人嗅了一阵，发现手是臭的，袖口是臭的，连棒槌和竹篮也有股怪味，这才恍然大悟。原来空气早就臭了。只说这些天，没人去出猪牛粪，地坪里一片片黑乎乎的，空气能不臭吗？

丙崽娘的娘家那边是颇讲究清洁利索的，因此她一直有些与众不同的习惯。她带上草把和茶枯，把丙崽拉脏了的裤子和椅子，拿到溪边去擦洗，洗了两遍，还没有除掉臭味。她喘着气，翻着白眼，感到气虚。虽然以前吃过不少胞衣，可现在腹中的米粮实在太少了。猛地站起来，两眼一黑便歪歪地倒下去。

不知道是怎样爬回来的。没有被狗分了吃，就是万幸。她望着蚊帐上一片密密麻麻的苍蝇，伤心地号哭了一场："吾那娘老子哎，你做的好事呀！你疼大姐，疼二姐，疼三姐，就是不疼吾哇，马桶脚盆都没有哇……"

丙崽怯怯地看着她，试探地敲了一下小铜锣，似乎想使她高兴。

她望着儿子，手心朝上地推了两把鼻涕，慈祥地点头："来，坐到娘面前来。"

"爸爸。"儿子稳稳地坐下了。

"对，你要去找你那个砍脑壳的鬼！"

她咬着牙关，两眼像两片孔雀毛，黑眼球往中间挤，眼球之外有一圈宽宽的白眼睑。当然是很可怕的，丙崽愣了。

"×妈妈。"他轻声试了一句。

"你要去找你爸爸，他叫德龙，淡眉毛，细脑壳，会唱些瘟歌。"

"×妈妈。"

"你记住，他兴许在辰州，兴许在岳州，有人视见过他的。"

"×妈妈。"

"你要告诉那个畜生，他害得吾娘崽好苦啊！你天天被人打，吾天天被人欺，大户人家的哪个愿意朝我们看一眼？要不是祠堂一份猫食，吾娘崽早就死了。其实死了还是福，比死还不如啊！你要一五一十都告诉那个畜生啊！"

"×妈妈。"

"你要杀了他！"

丙崽不吭声了，半边嘴唇跳了跳。

"吾晓得，你听懂了，听懂了的。你是娘的好崽。"丙崽娘笑了，眼中溢出了一滴清泪。

她挽着个菜篮子，一顿一顿地上山去了，再也没有回来。后来有各种传说，有的说她被蛇咬死了，有的说她被鸡尾寨的人杀了，还有的说她碰上岔路鬼，迷了路，摔到陡壁下去了……这些都无关紧要。尸身被狗吃了，却是可以基本肯定的。

丙崽一直等妈妈回来。太阳下山，石蛙呱呱地叫，门前小道上的脚步声也稀少了，还没有见到那张熟悉的面孔。好像有很多蚊子，咬得全身麻麻地直炸。小老头儿使劲地搔着，搔出了血，愤怒起来。他要报复那个人。走到家里去，把椅子推倒，把茶水泼在床上，又把柴灰灌到吊壶里。一块石头砸过去，铁锅也叭的一声裂开。他颠覆了一个世界。

一切都沉到黑暗中去了，屋外还是没有熟悉的脚步声。只有隔邻的那栋木屋里，传来麻脸裁缝断断续续的呻吟。

小老头儿在蚊虫的包围下睡了一觉，醒来后觉得肚子饿，踉踉跄跄地走。

月亮很圆，很白，浓浓的光雾，照得世界如同白昼，连对面山上每棵树，每一叶茅草，似乎也看得清楚。溪那边，哗哗响处有一片银光灼灼的流水，大块的银光中有几团黑影，像捅了几个洞，当然是雄踞溪水中的礁石。石蛙声已经消停了，大概它们也睡了。但远处不知什么地方有密集的狗吠，像发生了什么事。

丙崽含着指头，在鸡埘前坐了一阵，想了想，走出了寨子。

妈妈曾带他出去接生，也许妈妈现在在那些地方。他要去找。

他在月光下的山道上走着，在笼罩大地的云雾之上走着，走得很自由，上身微微前倾，膝弯处悠悠地一晃一晃，像随时可能折断。不知过了多久，不知走了多远，他踢到了一个斗笠，又踢到了一个藤编的盾牌，空落落地响。他咕噜了几声，撒了泡尿，继续往前走。前面躺着一个人影，是女的，但丙崽从来没有见过。他摇了摇她的手，打她的耳光，扯她的头发，见她总是不能醒来。手触到了乳房，那肥大的东西似乎是可以吃的，小老头儿捧着它吸了几口，却没吸到任何东西，便扫兴地撒手了。但这个人的肢体很柔软，有弹性，小老头儿骑上腹去，仰了仰，压了压，瘦尖尖的屁股头感觉到十分舒服。

"爸爸。"他累了，靠着乳房，靠着这个很像妈妈的女人睡了。两人的脸都被月光照得如同白纸。还有耳环一闪。

那也是一个孩子的妈妈。

八

"爸爸。"

丙崽指着祠堂的檐角傻笑。

檐角确实没有什么奇怪，像伤痕累累的一只老凤。瓦是寨子里烧的，用山里的树，山里的泥，烧出这凤的羽毛。也许一片片羽毛太沉重了，它就飞不起来了，只能听着山里的斑鸠、鹧鸪、画眉、乌鸦，听着静静的早晨和夜晚，于是听老了。但它还是昂着头，盯着一颗星星或一朵云。它还想拖起整个屋顶腾空而去，像当年引导鸡头寨的祖先们一样，飞向一个美好的地方。

两个后生从祠堂里抬着大铁锅出来，见到丙崽，不禁有些奇怪。

"那不是丙崽吗？"

"渠还没死？"

"八字贱得好，死不到渠的头上。"

"兴怕是阎王老子忘记渠了。"

"这个小杂种，上次妈妈的一臭卦，险些把老子的命都'卦'去了。"

这些天，人们对丙崽已经不以为然。甚至觉得打冤的惨败，也是受了他的愚弄。鸡头寨的天灾人祸，也是沾了他的晦气。两个后生放下锅，见留在树下的一个斗笠，刚被丙崽坐得瘪瘪的，更冒火。其中一位大步闯上前来，甩了他一个耳光——根本没用什么气力，他就像一棵草倒了下去。另一位抽出尖刀顶住他的鼻尖，唾沫星又飞到他脸上："快！打自己的嘴巴，不打，老子收拾你祭刀！"

"敢！"身后冒出冷冰冰的声音，回头看，是铁青色的一张麻脸。

仲裁缝是最讲辈分的，伸出双指，点着两个后生的额头，"渠是你们叔爹，岂能无礼？"

后生立刻想到了自己的地位，想到了仲裁缝还是丙崽的伯伯，立即避开裁缝的怒目交换了一个什么眼色，抬锅去了。

仲裁缝向家里走去，想了想，又回转身，对坐在地上的侄儿伸出巴掌："手！"

丙崽往后躲，眼睛不像是看他，而是看他头上的一棵树。脸皮紧张得直抽搐，半边上唇跳了跳，是试图压住恐惧的勉强一笑。好半天，才抬起小手。手太瘦，太冷，简直是只鸡爪子。仲裁缝抓住它，颤了一下，胸口有些发热。

他帮丙崽抹了抹脸，赶走头上几只苍蝇，扣好一个衣扣。这件衣不知是谁做的，他从来没给丙崽做过衣。

"跟吾走。"

"爸爸。"

"听话。"

"爸爸。"

"谁是你爸爸？"

"×妈妈。"

"畜生！"

…………

他不再看他，牵着他，默默走下台阶。不知为什么，他突然想起自己做过的很多很多衣，长的，短的，胖的，瘦的，一件件向他飘来，像一个个无头鬼，在眼前乱晃。那天他看见鸡尾寨的一具尸体，上面的衣不就是他做的吗？——他认得那针脚。想到这里，把丙崽的小爪又抓得更紧了："不要怕，吾就是你爸爸，跟吾走。"

山里有一种草，叫雀芋，很毒，传说鸟触即死，兽遇则僵。仲裁缝刚才已采来了几株，熬了半锅汁，寨里已无三日粮了，几头牛和青壮男女，要留下来做阳春，繁衍子孙，传接香火，老弱就不用留了吧。族谱上白纸黑字，列祖列宗们不也是这样干过吗？仲裁缝想起自己生不逢时，愧对先人，今日却总算殉了古道，也算是稍稍有了点儿安慰。

裁缝先给丙崽灌了半碗，才走出门去。从他家进寨子有一条石阶路，弯曲上升。两旁有石板垒成的矮墙，或厚重的木房。墙缝中伸出些杂草、野花，逗引着蜻蜓或蜜蜂。有些准备盖房子的，在路边或跨路占了地基，立了些光溜溜的木柱和横梁。有时一占多年，并不急着行墙上瓦，让路人们坐了歇息。遇到什么事情，这些空梁上也要贴红，用来避邪。

裁缝知道哪家有老小残弱，提着瓦罐子，一户户送上门。老人们都在门槛边等着，像很有默契，一见到他就扶着门，或扶着拐棍迎出来，明白来意地点点头。

"时辰到了？"

"到了。收拾好了吗？"

"收拾好了。"

元贵老倌请求："仲满，吾还想去铡把牛草。"

裁缝说："你去，不碍事的。"

老人颤颤抖抖地走了，铡完草，搓搓手，又颤颤抖抖地回来。接过瓷碗，喉头滚动了两下，就喝光了。胡须上还挂着几点水珠。

"仲满，你坐。"

"不坐了。今天天气好燥热。"

"嗯啦。"

另一位老人抱着一个小奶崽，给仲裁缝看了看，眼里旋着一圈泪。"仲满，你视视，兴许要给渠换件褂子？你连的那件，渠还没上过身。"

裁缝眨了一下眼皮，表示了赞同。

老人转身回屋去了，一会儿，让奶崽穿着新崭崭的褂子来了，长命锁也戴好了。枯瘦的手在新布上摸着，划出嚓嚓的响声。"这下就好了，这下就好了。"

他先给奶崽灌了，自己再一饮而尽。

罐子已经很轻了，仲裁缝想了想，记起最后一位——玉堂娭毑。这位老人总是坐在门前晒太阳，像一座门神。老得莫辨男女，指甲长长的，用无齿的牙龈艰难地勾留着口水，皮肤像一件宽大的衣衫，落在骨架上，架起的一条瘦腿，居然可以和下面那条腿同时踩着地。任何人上前问话，她都听不见，只是漠然地望你一眼。也许人们在很多地方，都看见过这种村寨所常有的活标志。

裁缝走到她正前面，她才感觉到身边有了人，浑浊的眼帘里闪耀一丝微弱的光。她也明白什么，牙龈勾一勾口水，指指裁缝，又慢慢地指指自己。

裁缝知道她的意思，先磕了个头，再朝无牙的深深口腔里灌下黑水。

所有的这些老人都面对东方而坐。祖先是从那边来的，他们要回到那边去。那边，一片云海，波涛凝结不动，被太阳光照射的一边，雪白晶莹，镶嵌着阴暗的另一边。几座山头从云海中探出头来，好像太寂寞，互相打打招呼。一只金黄色的大蝴蝶从云海中飘来，像一闪一闪的火花，飘过永远也飞不完的青山绿岭，最后落在一头黑牯牛的背上——似乎是世界上最大的一只蝴蝶。

鸡尾寨的男人来了，还陆陆续续来了些妇女、儿童、狗。听说这边的人要"过山"，迁往其他地方，想来捡点儿什么有用的东西。昨天已办过赔礼酒席了，双方交清人头，又折刀为誓，永不报冤。

一座座木屋，已经烧毁，冒出淡淡的青烟，暴露出一些破瓦坛子或没有锅的灶台——贪婪的黑灶口，暴露出现在看来狭窄得难以叫人相信的屋基——人们原来活在这样小的圈子里吗？头缠白布的青壮男女们，脸黄得像一盏盏油灯，准备上路了，赶着牛，带上犁耙、棉花、锅盆、木鼓，错错落落，筐筐篓篓的。一个锈马灯壳子，也咣咣地晃在牛屁股上。

作为仪式，他们在一座座新坟前磕了头，抓起一把土包入衣襟，接着齐声"嘿哟喂"——开始唱"简"。

他们的祖先是姜凉，姜凉没有府方生得早，府方没有火牛生得早，火牛没有优耐生得早，优耐没有刑天生得早。他们原来住在东海边，子孙渐渐多了，家族渐渐大了，到处住满了人，没有晒席大一块空地。五家嫂共一个舂房，六家姑共一担水桶。这怎么活得下去呢？没有晒席大一块空地啊，于是大家带上犁耙，在凤凰的引导下，坐上了枫木船和楠木船。

> 奶奶离东方兮队伍长，
> 公公离东方兮队伍长。
> 走走又走走兮高山头，
> 回头看家乡兮白云后。
> 行行又行行兮天坳口，
> 奶奶和公公兮真难受。
> 抬头望西方兮万重山，
> 越走路越远兮哪是头？
> …………

男女们都认真地唱，或者说是卖力地喊。声音不太整齐，很干，很直，很尖厉，没有颤音，一直喊得引颈塌腰，气绝了才留一个向下的小小滑音，落下音来，再接下一句。这种歌能使你联想到山中险壁，林间大竹，还有毫无必要那样粗重的门槛。这种水土才会渗出这种声音。还加花，还加"嘿哟嘿"。当然是一首明亮灿烂的歌，像他们的眼睛，像女人的耳环和赤脚，像赤脚边笑眯眯的小花。毫无对战争和灾害的记叙，一丝血腥气也没有。

一丝也没有。

人影像一支牛帮，已经缩小成黑点，折入青青的山坳，向更深远的山林里去了。但牛铃声和歌声，还从绿色中淡淡地透出来。山冲显得静了很多，哗哗流水声显得突然膨胀了。溪边有很多石头，其中有几块比较特别，晶莹，平整，光滑，是女人们捣衣用过的。像几面暗暗的镜子，摄入万象光影却永远不再吐露出来。也许，当草木把这一片废墟覆盖之后，野物也会常来这里号叫。路经这里的猎手或客商，会发现这个山坳和别处的没有什么不同，只是溪边那几块青石有点儿奇异，似有些来历，藏着什么秘密的。

丙崽不知从什么地方冒出来了——他居然没有死，而且头上的脓疮也褪了红，结了壳。他赤条条地坐在一条墙基上，用树枝搅着半个瓦坛子里的水，搅起了一道道旋转的太阳光流。他听着远方的歌，方位不准地拍了一下巴掌，用很轻很轻的声音，咕哝着他从来不知道是什么模样的那个人："爸爸。"

他虽然瘦，肚脐眼倒足足有铜钱大，使旁边几个小娃崽很惊奇，很崇拜。他们瞥一瞥那个伟大的肚脐，友好地送给他几块石头，学着他的样，拍拍巴掌，纷纷喊起来："爸爸爸爸爸！"

一位妇女走过来，对另一位妇女说："这个装得溚水吗？"于是，把丙崽面前那半坛子旋转的光流拿走了。

《人民文学》1985年第 6 期

秋天的愤怒

张　炜

一

初秋的暮色中，一对年轻的夫妇坐在一棵很老很老的柳树下。男的在吸烟，女的提起水罐往一个粗瓷碗里倒水，他们都三十四五岁。男的摘下斗笠，露出了又短又黑的头发。他长了一副英俊的脸庞，很宽的额头，很挺的鼻子；眼睛深陷，可是大而明亮；眼角和前额上有几道深深的皱纹，单从这几条皱纹上看，也许他的年龄更大一些。他一定是个高个子，因为支在地上的两条腿显得很长。他身边的女人穿了一件很薄很薄的、粉红色的衣服。她此刻端起碗来，像个小猫一样轻轻地吮吸着水，还不时用黑黑的眼睛瞟一下男人。比起他来，她显得那么娇小。她搬弄水罐时不得不挪动一下两只脚，她的身子已经有些笨重了。这时她问道："李芒，你就爱皱眉头。你心里又活动什么了？"

李芒淡淡地笑了笑，算是回答。他把烟灰磕到裸露着的粗大的树根上。他手中摆弄着的是一个足有拳头大小的梨木烟斗，用得久了，它的颜色黑中透红。这个烟斗好像不该是他使用似的。

大柳树的四周是一片黄烟棵。烟叶儿在徐缓的风中微微掀动，像一群待飞的大鸟活动着它们的翅膀。暮色映着这片烟田，烟叶儿闪着红色、紫色。烟田这时倒有些像玫瑰园。烟田也很漂亮啊！它的气味又辛辣又清香，和田野傍晚时分飘起的水汽掺和到一起，很好闻。风有时大起来，烟叶就晃动得厉害一些。一片厚重的叶儿在风中笨模笨样地扭动，说明它很健壮。这片烟田的烟棵一般高，都很健壮。老柳树立在烟田中间，静静地低垂下它巨大的树冠。它好像在俯视这些烟棵，俯视这片守候了几十年的田野。

"你看看吧小织，你看看！"李芒用烟斗指着树桩根部的一个窟窿，有些吃惊地说。

小织费力地伏下身子，望着那个枯朽的洞洞。原来木头当心又有很大一片枯死了，用不了多久整个根部就会枯透。她张开很小的、布满了茧子的手掌量了量，说："没枯的那面只有三指宽了。"

"它快死了。"

小织仍旧伏着望那个树洞。她说："也不一定。你看见河边上那棵老树了吗，也枯成这样。不过它靠半边儿树皮又活了好几年呢！"

"它快死了。"李芒像没听到她在说什么一样，又说了一遍，一边戴上斗笠。

他站直身子，把斗笠往上推一下，看着眼前的这片烟田。那双有些深陷的，但是十分漂亮的眼睛里，这会儿闪射着明亮的光彩。他的目光在烟垄上移动，鼻孔一下下翕动着……这样看了一会儿，他又给烟斗装满了烟末。他吸得十分香甜。当他握烟斗的手有一次抹到嘴巴上时，一股辛辣味儿使他吐了起来。两只手上涂满了烟叶的绿汁，一层层绿汁干在手掌上，竟成了一个个小粉块儿。他咬住烟斗，用力地搓着，拍打着手掌。

一股绿色的粉末儿混合到他喷出的白色烟气里。……这一天做得可真不少，他和小织从天蒙蒙亮蹲在烟垄里，扳着烟冒权，直做到这个时候。没顾上吸烟，大梨木烟斗装在口袋里，他弯下身子做活时老要硌他的腰。最后一把冒权儿抛到地垄上了，他才长长地舒一口气，坐到老柳树下。欠的烟都要补上，他开始用力地、惬意地吸那个大梨木烟斗了。

小织在柳树下收拾了一下她的头发，提上水罐说："今夜咱们就赶回去吧。"

"一定赶回去！"

李芒的语气非常坚定。他说着，瞥了一眼西方的天色。太阳就要沉下去了……老柳树上死去的干枝条不断地落下来，撒在他们的头上。李芒把这些细小的枝条折碎了，抛在树根部的那个大窟窿里。多粗的树，他和小织两人才合抱得过来。树皮乌黑，裂开了无数的纹路，看上去就像鳞一样。风吹过来，枝丫发出一种苍老的、微弱的声音。

本来他们守在玉德爷爷的身边，守了好多天。

玉德是小织的爷爷，一连几天昏迷在医院的床上。守在床边的除了他们小两口，还有小织的父亲肖万昌。一家人围在床边，谁也不说话，只静静地看着床上的玉德爷爷。

一个午夜里，玉德爷爷突然从床上醒过来了。老人转脸看看四周，又看看儿子、孙女和孙女婿，雪白的胡子就愤怒地抖动起来。他问："一家子人都来了？"

大家不解地对视着。还没来得及答话，老人又吼了："谁在家照管烟田？那些烟杈子，一夜能蹿二寸长！一家子人还守在这里！……"

"爷爷……"李芒叫着。

"还守在这里！"老人只冲着他一个人吼叫了。

李芒声音怯怯地说："天明、天明了，我和小织就赶回去做活……"

"这就给我回去！快走！"玉德爷爷的眼睛死盯住李芒的脸，一动不动。

李芒犹豫了一会儿，终于扯起小织的手，站了起来。他们往门口走去……肖万昌在他们背后喊道："腊子要是回来了，让他赶紧来看爷爷！"他们没有回头，一直走出门去了。

腊子是小织的弟弟，原来在龙口电厂上班，现正跟人合伙贩鱼，有时几个星期不回家。眼下正是捕鱼的旺季，他能回来吗？李芒知道肖万昌是喊给玉德爷爷听的……

晚风渐渐平息了。原野上无限宁静。最后一束霞光也暗淡下来，天要黑了。一只乌鸦飞到老柳树上，又飞走了。

老柳树死去的干枝条还在往下撒落。

"弄不好，它挨不过这个秋天去……"李芒抬头看一眼老树密密的枝丫。

小织不作声。她正想床上喘息的爷爷。她挽着男人的胳膊说："走吧，快走吧……"

两个人正要挪动步子，烟田的小土埂子上匆匆忙忙地走来了一个人。小织抬头望了一眼，接着就怔住了！她惊讶地喊了起来……

那不是爸爸肖万昌吗？他怎么回来了？怎么没有守在玉德爷爷身边？

二

玉德爷爷死了。

四十多年前，有一个壮年汉子分到了一块土地，就在地的当中植了一棵柳树。他很早听说柳木埋在土里耐烂，心想多少年之后，他要用这棵柳树为自己做一具棺材。中国农民之怪异在他身上得到了多么有趣的表现：一个壮年汉子，首先想到的竟是自己的最后归宿。

今天这个汉子倒下了，他的柳树却还在他的田里喘息。

如今实行火葬，不能够携带着一棵大树离开人间了，他就把它留给了儿孙们。

有意思的是，树木栽在自己田里，后来土地入社，风风雨雨几十年，这棵树竟然也长起来了。再后来，土地实行承包了，这棵树就在儿子和孙女婿两块承包地之间了。老人做主，硬让儿子和孙女两家联合经营这片土地。这样，那棵大柳树又在土地的中间了。

悲哀的气氛笼罩了这片土地，笼罩了两个家庭。玉德爷爷八十五岁了，他走得不算匆忙。可是他对于这两个不同的家庭是太重要了。无论是昨天还是今天，他都给后辈人的生活增添了极其重要的东西，成了他们的生活中不可或缺的人物。他虽然病的时间很长了，但他的过世还是让儿孙们感到突然和惊愕……

三天后的一个夜晚，李芒和小织久久地坐在灶间里，没有一丝睡意。李芒一直吸烟，三天来的大半时间他就这样坐在灶间的一个草墩上。他不说话，有时眉头轻轻皱一下。第二天的上午，曾经有人哑着嗓子在窗外喊他："李芒，别忘了去烟地扳杈子啊……"李芒听出是岳父肖万昌的声音，一声也没有吭。……桌上的台灯闪着微绿的光，正照在一本翻开的诗集上。李芒走过去，合上那本小书，然后又重新坐下来吸他的烟斗。小织轻声喊道："李芒!"

李芒就像没有听见一样。

"你心里又活动什么了，李芒!"小织紧挨着他坐下，把头靠在他那粗壮的胳膊上，黑黑的眼睛望着台灯后面那片暗影，眨动着。

李芒沉着地磕着烟斗。他说："小织，我这几天老想一个心事，就是跟你爸分开干——我们自己种自己的烟田吧。"

小织并不感到惊讶。她轻轻地咬着嘴唇，低下头去。

李芒的大手抚摸着她的头发。这头发真柔和、滑润啊！他又按了按她的圆圆的、软软的肩膀。突然他觉出这肩膀在颤，于是就扳起了她的脸来看——她的眼睛有些红，已经流泪了，泪珠挂在眼睫毛上。

"爷爷刚去世，你就……这样!"小织难过地责备男人。

"爷爷去世了，咱才能这样。"李芒执拗地说了一句。停了会儿他又补上一句："就应当这样。"

"这样爸爸不难过吗?"

"肖万昌不会难过。他会有新帮手的——他是村支书，做了这么多年干部，还愁找不到搭伙的人吗?"李芒自信地摇摇头，"不会难过的。爷爷一过世，你看有多少人趁这机会往他家送东西!乡政府的，还有县上的干部，都来了。我还替爷爷难过呢……"

小织不吱声了。

"我琢磨，咱和肖万昌的联合是到了头了。"李芒站起来，在屋子里踱了几步。

"是和爸爸联合……"小织纠正他。

"随便叫什么吧……我是说，我得当面和他谈开。"

"一点儿也不能凑合了吗?"

"一点儿也不能了。"

"非分开不可吗?"

"非分开不可!"

"…………"

小织站起来，往前走了一步，似乎要去抓男人的胳膊，但她的手抖了一下，在离他胳膊很近的地方停住了……她欲言又止，有些伤心地坐下来。停了会儿她说："我知道，你嫌和他在一块儿吃亏……"

没等她说完，李芒就愤怒地看了她一眼。他盯着她，嘴巴有些颤抖。他把那双黑黑的胳膊按在她的肩膀上，身子弓得很低，脸都快要碰在她的脸上了。他像在仔细地端详着她："小织，你真是这样看我吗? 真的吗?"

"啊啊，啊! 啊……"小织又激动又慌乱地抱住了他的胳膊。她连连摇着头，说："不，不! 我不过是说气话啊……李芒，你知道我心里明白你——你当然是为了别的才要和他分开; 为了别的，另一些要紧事儿，不过我也说不清……"

李芒有些感激地望着自己的妻子。他望着黑漆漆的窗外，喃喃地说："连我自己也说不清。我不过是越来越觉得要和他分开，非分开不可；好像有个声音老在我心底喊：分开吧！分开吧！……你看看，就是这样……"

小织低声说："我能明白。"

"你想的我都能明白。"停了一会儿她又说。

李芒的目光仍然在望着窗外。夜已经深了，星星很亮，整个村子都很静。几声不安的鸟鸣从原野上传来，可以听出那是十分孤寂的声音。也可以想见它们在模糊的夜色里一荡一荡地飞着，像被什么可怕的东西追逐着一样，禁不住要呼喊起来……李芒又想到了他那片可爱的烟田，再有不久烟叶儿就要变得厚实了，接着烟田的活儿要变得更累了。像每年的这时候一样，一天的绝大部分时间都要花在田里了，割烟、上烟吊子、看护烟叶子……他也想到了那棵老柳树，想到它根部那个枯朽的洞，心里沉甸甸的。他盯着夜空说："和肖万昌分开吧。这是早晚要做的事。我下了决心了。"

"可是，"小织仰起脸说，"村里人会怎么说？他们不会说咱是过河拆桥吧？……"

"他为咱搭过桥吗？任别人说去。"

小织喘息着："可他到底还是爸爸啊！李芒，我求求你，再忍耐些，还是一块儿种下去吧……"

李芒捧起她的脸看着，替她擦去泪花说："睡吧，小织，不说这个了，看看，这让你多难过。我就先不跟他谈开。不过分开干是一定的。跟他谈开很容易，说服你倒不容易。我得等你下了决心再跟他谈。好吧，睡觉吧。"

他们睡觉去了。

三

“我想这个小家伙生下来，模样一定会像你。”小织坐在烟垄上，吃着一个发青的苹果说。

李芒笑着问：“为什么就一定会像我？”

“村里人说，女的怕男的，生下的孩子就像男的……”她吃完一个苹果，把果核儿投到很远的地方。

李芒笑起来：“没有道理，没有道理。再说你从来就不怕我啊！”

“可我发觉有时候不知不觉就跟着你走下去了，哪怕前边是泥湾、是坑……这真怪哩，你知道这挺怪。我常想这些，李芒。在南山的时候，在东北的林子里，我就这样寻思过。”

小织说着，慢慢严肃起来。她的嘴唇那么小巧地抿着，有几个小小的棱角显得很清楚。她脸部的皮肤很细腻，李芒对这点从来就很自豪。

他的目光从她的脸上移开，也慢慢严肃起来。她的话当然让他想到好多事情。都是些严肃的事情啊！他从来不愿想这些事情，想它们太累。他和眼前这个可爱的妻子曾经手挽手地涉过芦青河，往西，穿过密林，不为人知地走了几百里，又折向南，入山。他们在山里生活，还曾经有过一个孩子，但不幸流产了。现在小织怀着的是他们的第二个孩子……入山是被迫的。后来他们在山里待不下去了，又回到胶东西北部小平原上，是秘密地回来的，只停留了一夜，便从龙口港坐船，去了东北。那是一种流浪生活。今天想这种生活，也有一种心理上的疲惫感。李芒怕自己奇怪的思路就这样想下去，这时故意把脸仰起来，看这片烟田了。

这片使他一直牵肠挂肚的烟叶，长得不错。烟叶都很肥、很醇。他不信有谁搞烟田的本事如今能超过他，这片烟田简直可以拿到国际上去较量一下了。他是全村里第一个做黄烟专业户的，做得很美，也很苦。肥厚的烟叶在风中扭动，撩拨人心。庄稼人经不起它的撩拨，有人身上终于燥热起来，要把这片烟田铲除掉。他们扛着铁锹跑过来，嘴里骂着："奶奶的！……"后来不知怎么就被阻止了，想铲除烟田的人翻着白眼，坐到他们自己的地上去了。李芒当时觉得很伤心，也觉得很有趣。他这时看着这烟田，奇怪的思路就又转到这上边了。幸好这会儿岳父肖万昌从田埂上走来了，肩上扛着半块黄豆饼，李芒的目光移到了他的身上。

肖万昌热汗涔涔地走过来，放了豆饼坐下，用一块雪白的手绢擦脸。擦过了脸，他掏出一包果脯递给了女儿。

李芒看了看他，没有说什么。

小织吃着，一边对付起那块豆饼来。她用一块石头把它砸成两半，观察着新碴上的颜色。

肖万昌五十岁的样子，并不显老。他在这个村子做了三十多年干部，经他的手做成的大小事情数不清，因而他很自信。他坐在那里，那表情就很自信。他穿了件深蓝色的衬衫，衬衫下部又很利落地扎在一条灰裤子里，显得干练、富有生气。衬衫的小口袋上别了一支钢笔，手腕上，则是一块锈了壳子、但牌子很过硬的老表。头发花白了，发式与一般人不同，是乡下人望而生畏的背头，并且梳理得一丝不乱。然而他并未因这穿戴和发式惹人反感，相反，看上去，他像是深沉稳重的、可以信任的。他跟人说话时，并不看着对方，而是望着旁边的什么，好像他对自己所说的话也并不十分在意，只是高兴了，随便谈一点儿而已。在任何时候，他的目光都不咄咄逼人。这会儿，他专心地卷好一支喇叭烟，仔细地研究着他新做成的这支烟，跟李芒说话了："你看看这种饼行不行？这种饼追肥比用花生饼好多了。我跟乡里榨油厂讲妥，如果相中了，就跟他们订下三年合同。这半块饼是样品……"

他的声音淡淡的，讲的却是大事情：跟一家榨油厂订一个买饼的三年合同！

"饼很好，李芒，你看……"小织递过去一块。

李芒看也不看那饼，他看着脚下的土，也用淡淡的语气说道："老柳树下面枯了一个窟窿，它快死了……"

"如果相中了，就跟他们订个三年合同。"肖万昌吸着烟，又说了一句。

李芒掏出他那个硕大的烟斗，放在手里摆弄着说："老柳树正好长在地界上。它的那边是你的地，这一边是我们的地。"

肖万昌的目光这会儿迅速地从一旁收到李芒的脸上。

李芒也看了他一眼说："我是说，这豆饼合同先不要订了吧！"

"怎么？"

"看看形势怎么发展吧。"

肖万昌笑了："形势？哼哼，形势不会变的，专业户还要大发展哩！我忘了告诉你：县里通知我去参加专业户代表会呢！明天我去开会。"

李芒摇摇头："我不是指这个'形势'。"

"那什么'形势'？"

李芒朝小织苦笑了一下，玩笑似的随口答道："国际形势。"

肖万昌的神色有些茫然，但马上又恢复了那种淡然的表情。他一时弄不明白的东西也不想去明白它，这时有些疲倦地站起来，拍打了一下裤子上的尘土说："我要去队部开会了。烟垄还要耘一遍，隔一垄耘一垄……"

他刚要走，一个老头子急匆匆地跑过来，原来是"老獾头"。他喘着粗气把肖万昌拦住了："哎呀呀，肖书记，找你半天啊……我是来求个情的，先莫派小儿子出民工了，你知道剩下我们俩老的和闺女，快忙秋了，老婆子又有病……"

老獾头说一句一哈气，脖子上松弛的皮肉一动一动。

肖万昌就像没有看见他面前还有什么别的人一样，仍然神色淡淡地望着一个烟棵说："烟垄还要耘一遍，隔一垄耘一垄……"他说着就绕开老头子往前走去了。老獾头略一停，然后也跟上他出了烟田。

李芒看着他们的背影，沉默着。

小织说："李芒，刚才你差一点儿就跟爸爸挑明了。"

李芒笑了笑："就差那么'一点儿'了。"

"你可先不要急着挑明啊，你答应过我！"小织极其认真地说。

李芒点点头："放心吧，没有和你商量好，我不会正式和他分开的。"

小织有些欣慰地看了他一眼。

李芒望着天边的一块云彩，突然想起了一个要紧事儿。他说："忘了跟他要来通知看看，通知上正式让谁去开会？等会儿我去要来看看。"

小织责备说："你也太认真了。谁去不一样？"

"如果是通知我的，为什么他要去？以前就出过这种事儿。"李芒看着烟田，一字一顿地说道，"我也要寻机会出去开会。出头露面的事不能让他一个人全占了！……"

小织长长地舒了一口气。她又用那双柔和的眼睛看李芒了。她发现李芒的衣服又被汗水浸湿了，后背那块儿有些泛黄。她想回家后该给他换洗了。她一动不动地盯着他那两道眉毛，嘴唇轻轻动了动。她终于又问："李芒，咱真要和他分开吗？"

李芒点点头。

"我老想，咱是不是对过去的事情记得太深了……是吧？"她有些胆怯地问。

李芒摇摇头，又点点头："我才不会忘记过去的事情哩！可我也不全是为了过去的事情……反正，原因好多，好多好多，我自己也有些讲不清了。我只是觉得……"

他说到这儿顿住了。小织问下去："觉得怎么？"

"觉得到底也没法儿凑合了！"

小织叹息着。她像恳求似的，语气极其柔和地说："李芒，过去的事情已经随着过去一块儿埋进土里了。不是吗？你太倔强！太倔强！……"

"才没有埋进土里呢！你只要留神看一看，就知道还没有埋。咱不能自己骗自己……"李芒执拗地说。他两道犀利的目光一碰到小织的脸上，又立刻变得柔和了。他说："小织，我有好多话要跟你说，又好像什么都用不着说。你的话让我想起了好多事情，好多好多，都是些我不愿去想的事儿！……"

四

十几年前，他们曾经手挽手地涉过芦青河；往西，穿过密林，不为人知地走了几百里；又折向南，入山。

在大山里面，李芒找到了他的一个朋友。朋友以介绍副业师傅为名，把他和她介绍到了一个又小又穷的山村里。这么年轻的两个师傅，山民们看了很惊奇，也很喜欢。可就是没有住的地方：这是二十岁左右的一对子，给他们太窄巴的地方不行。他们一年，也许是两年的时间，就会添出一口来。后来有人想起有幢房子闹过鬼，倒是又空闲又宽敞。

李芒问："怎么个闹法？"

村领导说："房子三间。最东边一间盛了干草，'大跃进'那年里曾吊死一个人，以后长年锁着。到了半夜的时候，锁着的门就响，锁、铁环子，都咔嚓嚓响……"

"就是咔嚓嚓响吗？"

"就是这么响。"

"没出来过什么东西吗？"

村领导摇摇头："没有。"

"那就住在那里吧。"李芒这样说。他想，只是咔嚓嚓响，危害不着他们的生活。这使他想起自己村里那个老寡妇：每到夜深的时候就哭，开始人们听了都害怕，后来也就不怕了……

他们把用来居住的正间和西间认真地裱糊了一番。在土炕的围墙上，还贴了粉红花纸。这一天他们一生也不会忘记的。他们忘不了那么疲乏地走了几百里路，路的两旁那么荒凉，颜色单调，山的岩石是铁样的青灰色。他们躲闪着行人，躲闪着田野里的歌声。他们好不容易翻过了最后的一座山，接近了朋友，接近了他们将要落脚的这个山村。于是世界的颜色开始变换了，变为嫩绿和浅黄，变为石竹花的那种红色，又变为土炕围墙上的那种透着暖意的粉红色了。

天色将晚，粉红色被霞光映成了大红色。小织的脸也红了。

她穿了件学生蓝制服。这衣服剪裁得特别合身。头发黑亮而柔软，用橡皮筋在脑后扎成两个弯弯的毛刷刷。此刻，这两个毛刷刷安静地垂着，末梢儿往里曲着，像小猫那两只永远握不紧的拳头。她安详而羞涩地坐在炕沿上，手里掐弄着她的淡黄色的小手帕，脸像被染过了一样，脸上有一层非常细小、非常规整、又淡又匀的白绒毛。这使她显得很稚嫩。她刚刚才十九岁。十九岁的姑娘就跟上一个男子跑出来了，她多有激情啊！此刻，她把一切都压抑在心底，不动声色，微微抿着嘴角。红红的嘴唇，下唇翻得略重一些，显得有些顽皮。她不看站在屋子里的李芒，她看到的只是环绕她的一片粉红色。她很自信地等待着，她什么都能等得到：幸福、焦虑、喜悦、烦闷、惆怅。一个有过这种等待的人才知道她此时的心绪是多么美好、多么丰富而奇特。她实在是一个勇敢的人，在周围的一片凝固的空气里，在一个板着没有血色的面孔的世界里，她不是表现了可嘉的勇气吗？这勇气谁给的她也不知道，大概是站在一边的这个好棒的小伙子吧。

这个小伙子可不简单。可这个小伙子的爷爷是地主。

当时他没有上高中的权利。上高中的学生都是贫农和下中农推荐的。这个小伙子从小长得挺拔，像个运动员似的。人们以为他特别需要在农村里锻炼和改造，就让他扛麦包、抬大筐什么的。抬来扛去，他并没有弯腰缩背，也没有长成一个短粗胖子。

他悄悄藏起了对这种劳动的厌烦和焦躁，质朴可爱。第三年，上高中可以推荐和考试相结合了，他幸运地上了学。

他做了学校运动员，穿着漂亮的运动衫。有一次他在一个运动会的比赛场上推铅球，铅球落下时，有个特别灵巧的女学生激动不安地走过去插了个小铁旗子。女学生插下的这个小铁旗子再也没有谁超过，她很自豪。

后来他们一同毕业回村了。她穿了洗得发白的黄军衣，也背了个同样颜色的挎包。他看到她常常想：这样的姑娘真不多见啊！

再后来他们就好起来了……

天色越来越暗淡了，霞光一束束从窗上收走。小织还是默默地坐在炕沿上。她突然说："李芒，咱走了多远，怎么一点儿也不累？"

李芒说："我刚才还累，现在不累了。"

"半夜的时候，等着闹鬼吧。"小织说。

李芒不答话。他找了截红色的粉笔，在那个锁起的门上画了一个大大的×。他说："把这个鬼枪毙了吧！"

小织笑了，笑得没有声音。

停了会儿她说："今夜就睡在这儿吗？"

"可不是就睡在这里呗。"李芒咬了咬嘴唇。

小织流出了泪花。她说："可是，可是……"

李芒想安慰他的新娘子，可是找不到合适的话。

小织一个人哭着，哭过之后更美丽了。她像个小孩子那样大仰着脸看他。他看到了她那齐整整的一溜儿眼睫毛。她说："李芒，你不知道我有多么害怕……"

"谁不害怕？我也害怕，可是……"

李芒鼓励着她。他这声音若断若续，表现了他那颤颤的幸福的心情。

天黑了。他们点起了一根蜡烛。

"这个大山里的村子我以前想也没想过……啊啊……闹鬼的屋子……啊啊……小织！你睡着了吗？啊！啊……"

五

他们现在需要熟悉一下这一座座的大山了。以前他们对山很陌生。山嘛，石头嘛，树木和绿草长在缝隙里。他们现在登在山的半腰上，有些惊恐地看着那一块块凸出的怪石，那一道道黝黑深邃的沟壑。阳光在山上攀缘着，做着各种奇怪的脸色。它看着石英石，目光立刻放出了光彩；山林密不透风，闪着一片墨绿的、诱人的颜色，它望着山林的叶子，显出很神秘的样子；一块块铁色的巨石从稀薄的土层里探露出来，满身沾着点点银白色，它看到那些点子就惊讶地睁大了眼睛。银白的斑点闪射出锐利的光箭，太阳眯起眼睛了；红秆儿草在石头脚下、在大树的身旁扭动着腰身，漂亮吗？它吸引了两个登山的人。它的叶儿也开始变红了，尖儿红得最厉害。登山的人捏住它的叶子，像是揪住了山里姑娘的裙子。啊啊，它是山里姑娘啊！他们不断结识着山上的一切，也不断地告别它们。他们终于和阳光一起，攀到了山顶上。

原来周围都是山。

一片淡灰色的雾，还有一片微蓝色的雾，浮在了一架架山的尖顶上。模模糊糊的峰刃，模模糊糊的树林。鸟鸣在草丛里，在山涧里，在树丫里，在一片雾气里。它们彼此呼应，彼此安慰。它们也不明白山，不明白它们赖以生存的山是属于谁的。可是它们一声声叫着。它们觉得山影就如同它们的叫声那般纷乱，又好似在这叫声里一层层漾开去，山峦像水的波涌一样啊！原来世上有这么多的山，原来阳光常常被山遮住。他们甜蜜地安睡过的那个小村庄就在山的脚下，那么小，那么稚嫩孱弱，此刻也在安睡着。它可怜巴巴的，他们都有点儿可怜这个小村庄了，在心里为它鸣不平。

他们觉得，山下这个不起眼的小山村可是不平凡的。他们就是刚刚从它温柔的怀抱里走出来，身上还带有它的体温。他们觉得那些永生难忘的巨大幸福就是它给予的，并亲眼看到朝霞从村子里升起，染红了他们的窗棂，又染红了他们自己。希望洒在一条条肮脏窄巴的街道上，谁说人间无希望。人们啊！请回忆你的那种时刻，回忆朝霞染红窗棂的时刻，回忆幸福，回忆生活，回忆昨天的震颤和那仅有的一丝忧虑。小山村，小山村，避难所，避难所；邻居的一只母鸡咯咯叫着，围墙上探出的果枝上挂着两个鲜红的苹果。生活就从这里开始吗？生活能从这里开始吗？他们依偎着，问自己，也问这间闹鬼的屋子。

他们攀登得有些累，就坐在了一块大石头上。李芒脱下鞋子，倒出里面的一颗小石子。他说："以后就得在这山沟里爬了，爬来爬去。"

小织说："有人背着枪追我们，再宽的路咱跑起来也累；爬在山上，藏在山上，山上真好啊！"

"山上真好！"

"你说我爸爸他们会找到山里来吗？"

"谁知道呢。让他们进山就迷路才好哩！"

小织笑了。

李芒也笑了，是一种冷笑。他一想起小织的爸爸就冷笑起来……此时此刻，他是个胜利者。他的敌手是无比强大的，强大到全村里没人能够战胜，可是他却似乎是胜利了。他好像早就预料到了这个结局，并且用这个结局鼓励着自己。"一个狠家伙！……"他冷笑着在心里骂了一句。他想这会儿那个家伙不知在做些什么呢，会气得跳起来吗？生活老要让他做个倒霉鬼，他偏不做，拼力挣脱着，最后……他现在是坐在一座大山之巅了，和心爱的人一起眺望着、俯视着。

他说："咱们以后得想法为山里人做些事情。"

"做好多好多事情——咱一辈子住在大山里……"

"我就怕做不好。我们能帮他们做什么？他们还以为咱俩全是些手艺人，会做好多事情呢！"李芒为难地绞拧起眉头。他望着小织，发现她正安详地看着前方，那神情可爱极了。他立刻又后悔起来。他觉得不该说刚才那些丧气的话——小织对山里生活正充满了希望呢！他于是说："从头开始吧！什么手艺都是人学的！难就难吧，也会挺有意思。"

小织不说话，只看着李芒。她觉得他的肩膀很宽、很健美；好粗壮的胳膊啊，这个家伙长了这么吓人的胳膊。她一点儿也不怀疑他会做成好多事情。她觉得十分自豪。

李芒说："除了为山里人做事情，我还要读点儿书。也许我也能写一本书，你信吧？你点头了，嘿嘿，你什么都信。真的，我也许会写出一本书来……还有咱们那间闹鬼的屋子，我要好好整整它，用泥和石板垒个书架子，屋前边再栽上些花……"

"李芒! ……"小织听到这里，激动得再也听不下去了。她吻着李芒，又把头埋在他的胸脯上喘息着。她仰起脸看着李芒说："做什么我都和你在一块儿，咱们会过得挺好的……不过，在这儿住得久了我会想家——你可不要误解啊，我不是想我爸。我想的是熟人、庄稼、海滩，还想芦青河。我想咱们那块好地方……"

李芒不吱声了。他也在想自己出生的地方。在那片土地上，爷爷死了，父亲死了，母亲也死了。母亲曾经告诉过他：爷爷攒了一大笔钱，让年纪老大的父亲到青岛去念洋书。几年洋书念下来，父亲也就不愿回来了。幸亏后来得了肺病，父亲怕死在外边，就带着几驮子书回到河边来，从此再也没有离开，直到死了，葬在祖坟地里……李芒现在没有一个亲人了，可是他和小织一样，也深深眷恋着那个地方。到底凭什么要剥夺他们生活在那儿的权利呢？他的几辈人不是都生在那儿，最后又埋在了那儿吗？李芒紧紧地握着拳头，一声不吭。

他想起了他和小织的同学、好朋友袁光。袁光三岁那年，父亲成了"反革命"，从城里领着袁光和姐姐回乡下来了。袁光上初中时父亲死了，袁光一滴泪水也没有掉。为什么要哭他呢？不就是因为他的缘故，袁光才受尽了歧视，也许连高中也不能上呢！后来初中毕业，袁光真的回家下田了。他在全校学习是最好的，他对那些能够继续升学的同学羡慕死了。他和李芒一块儿到海滩上挖渠、修树、种花生，结下了很深的友谊。李芒后来上了高中，就再也没有见到他。毕业第二年时，李芒过河去找袁光，找到了衣衫褴褛、面黄肌瘦的小老头儿模样的袁光。他的生活李芒完全想象得出来。他已经二十七八岁了，还没有娶上媳妇……最后一次见他是在河边的一块土豆地里，他担了两个大粪桶，右眼不知怎么肿胀得睁不开了，只睁着一只眼睛跟李芒说话……

如今袁光在做些什么呢？

"给袁光写封信吧……"小织突然咕哝了一句。

李芒惊奇地看了她一眼：她怎么知道我心里在想袁光呢？他感激地握着她的一双手，摇摇头说："不，不能写。不能让河边的人知道我们现在在哪里……"

有一只漂亮的山鸡站在不远处的一块石头上啼叫。李芒惊喜地指给小织看，小织刚转过头去，它就飞走了……李芒却发现了它站立过的石头是雪白的、荧光闪亮的！他赶忙奔了过去。

他记起县城的楼房上、墙皮上就粘满了这种闪亮的白石子！一个念头在他的脑际飞快闪过：可不可以满山找来这样的石块儿，碾成小碎块块卖给城里人盖楼房呢？

"小织！"他一下子站起来，喊了她一声。

六

李芒这天果然起早去跟肖万昌要开会的通知看了。肖万昌正耐心地照着镜子刮脸，头也不转地说："通知就在桌子上，你看吧……"

通知上果真只写了肖万昌一个人的名字。

李芒说："这是专业户代表会，怎么只有你一个人的名呢？我可是最早做黄烟专业户的。你开会时捎一句话给发通知的人，告诉他们不要故意漏掉我李芒的名字！"

脖子上的毛发很难对付，肖万昌这会儿刮得特别细心。他一下一下刮着，刮完了又用心地抚摸了一会儿，转着脸庞照着镜子。他揸着刀片说："我一准把话捎到就是了。"

李芒转身走出了肖万昌的屋子。

他想尽快离开这里。他觉得站在屋里和肖万昌说话的时候，正有一双沉沉的目光在一旁望着。走出门来，后背上好像还负着这双目光。走着走着，他猛然回头去寻找，后边什么也没有。他心里明白：这双眼睛是看不见的，这是玉德爷爷的一双眼睛啊！

他很清楚地察觉到，玉德爷爷那双衰老的、有些混浊的眼睛此刻已经愤怒了。老人分明在责备这个孙女婿，恶狠狠地盯着他。那双目光分明在怒斥说：忘恩负义的东西！我刚闭了眼，你就要和我儿子分开干，你是个败家子！……李芒步子沉重地踏上了田埂，又望见了那棵老柳树。他痛苦地闭了闭眼睛。他在心里呼喊着："玉德爷爷啊！我李芒今生不会忘了您的恩德，小织也会永远记着您……如果我们有什么地方违背了您的意愿，那也是实在没有办法的事。我们请求您老人家原谅，我们是您的孩子……"

前边不远的烟垄里，小织正在做活。那翠绿的烟棵间，她的粉红衣服一闪一闪的。李芒大着步子走过去，默默地站在一边看着。她并没有发现李芒，只顾扳着冒杈。肥嫩的冒杈怎么也扳不完，烟棵长得越壮，冒杈子越难对付。她的小巴掌握到冒杈上，就像攥住了一个小麻雀似的。小麻雀紧紧地伏到烟秆上，她就灵巧地一扭把它给扭下来了。绿色的汁水染了她的手背，她擦汗水的时候，额头就沾满了绿色。当她又一次抬头擦汗时，发现了李芒站在一边，就有些羞涩地笑了一笑。她问："犟汉子，到底看了通知吗？"

李芒点点头。他蹲下来，用两手捂着额头，一声也不吭。小织推了他一下，他也没有抬头。

"跟爸爸吵了吗？"

他摇摇头。

"你病了吗？"

李芒还是摇头。停了一会儿，他咕哝说："小织，我们把那棵老柳树伐了吧！"

小织惊愕地望着他。

"我一看见它，就想起玉德爷爷。好像它就是玉德爷爷似的，蹲在田里，喘着粗气……咱老得在它的监视下做活儿……"李芒有些急促地说。

小织慢慢地搓扭着手掌，望了一眼老柳树。她说："想着爷爷也好！想着玉德爷爷，你就不会硬跟爸爸闹着分开了。"

李芒昂起头望着她说："一定要分开。这是早晚的事情。"

"你真是个犟汉！咱和爸爸联合了这几年，不是挺好的吗？你呀！"

"挺好？肖万昌在烟田里腰也不弯一下，他让儿子腊子贩鱼挣钱去，这么大一片烟田，全靠玉德爷爷和我们两个！……"李芒的胸脯一起一伏，一双愤怒的眼睛紧盯着小织。他大声嚷起来："这是欺侮人！压榨人！……"

小织的眼睛涌出泪花来，也迎着他嚷道："可他是支书啊！他要为村里忙别的事情……我们家买化肥、柴油，卖烟叶这些事，不都是亏了他吗？李芒，你该想想这些！……"

"我全想过，一样一样全想过。你以为我要和他分手，光是因为他不做活吗？因为害怕吃亏吗？不是！你也知道不是！要下决心分手，就得打谱不做这个专业户，狠下心做个穷光蛋！这个鬼联合本来就不该有。我早跟你说过，分开是注定了的。我心底老喊：分开吧，快分开吧！……看看，你多么不理解我啊！"

李芒很痛苦地摇着头，又蹲下了。

小织有些委屈地看着他，再也不作声了。

他们一边有人粗粗地喘着气，抬头一望，原来早有一个人抱着膀子站在那儿，嘻嘻笑着。

他叫荒荒，是村里的一条"光棍儿"。这时他嬉笑着问："小两口打架了？"他的一双眼睛诡秘地闪动着，松弛的皮肉在嘴角画出两个大弧。

"有事情吗，荒荒？"李芒问。

荒荒把身上发黑的汗背心扯一扯说："怎么没有事情？来就有事情。我是做代表来了。"

"什么代表？"

"群众代表。"

"到底干什么啊？"李芒不解了。

荒荒挠一挠蓬乱的头发，所答非所问地说："如今这个世道嘛，有本事的人都发家了。发家嘛，咱不眼馋，谁叫人家有本事呢？不过，哼哼，发了横财、黑心财的，从理论上讲也不算好事情……"

李芒用心地听着，还是抓不住他的"要义"，只是觉得"从理论上讲"几个字用得可笑。

荒荒说了一会儿，见对方并未明了，就咳了一声说："干脆直着说吧！我是代表大伙儿跟你来谈判的！"

李芒不解地看看他，又看看小织。

荒荒说："今年的化肥分来不少，可是摊到各家各户就那么一点点。后来才知道肖万昌书记给你们自己留了一手儿。俺是来跟你商量一下，借几百斤先用一用。"

李芒有些吃惊："荒荒，这许是误传吧？我们哪有那么多化肥？"

小织也不解地望着荒荒。

荒荒哈哈大笑："是呀，这么多东西放在自己家多显眼！得找一个好地方，再封起来，哼，这样儿——明白了吧？"荒荒用手做成抹泥板的样子，在空中抹了一下。

李芒站了起来。

荒荒像公鸡一样将头伸到李芒跟前，又奇怪地摇了一下说："怎么，不知道？真不知道你就跟上我去看看！嘿嘿，其实你心里早明白，你们是一家子人……"

李芒不耐烦地摆手打断他的话，跟上他走了。

在一座孤零零的老屋子跟前聚集了一帮子人。老屋子是一个老寡妇的，老寡妇死了，这屋子就一直闲置着，如今重新砌了门，挂了一把很大的锁……荒荒得意地朝人们挤着眼，说："总算把'驸马'请来了！"

"驸马"两个字深深地刺疼了李芒。还没等他说什么，人群就哄笑起来。他们主动给李芒和荒荒闪开一条通道。

荒荒大摇大摆地走在通道上，头颅高昂，像个将军一样。他走到门口，用手敲了敲那把大锁说："看见了吧？我跟你说的那些好东西都在这里边了……"

李芒端详着这座老屋。他透过缝隙往里看着，虽然黑洞洞的什么也看不见，但他想肖万昌完全做得出这种事情。他此刻明白为什么这么多人聚在这里了。

荒荒笑眯眯地对李芒说:"看见了吧?有人手里握的铁扦子有多长!用这东西撬门最好使,不过要糟蹋一个锁扣子,不符合节约的方针……"

人群又笑了。大家很欣赏荒荒的幽默。

"所以说,还是请你回家取个钥匙来。钥匙这东西,又不伤和气,又不伤锁扣……"荒荒说着话,扳着手指头,极力显得有条理。

李芒很快打断他的话,面向大家说:"这是肖万昌一个人干的事,我真的不知道。要撬门,我赞成,我手里没有钥匙。"

人们互相对看着。

李芒对荒荒催促说:"撬吧!"

七

"我们要和他分开的事,也许他早就有预料。"李芒从大队部回来后,这样对小织说。

小织问:"为什么?"

"他这个人机灵得很,早就嗅出味儿来了,知道终有一天我会跟他分开。他偷偷积下了那么多化肥,从来没跟我们说。今年秋天的化肥多么紧,他一个人就积下那么多。其实三分之一就足够他用的,他就这么个贪婪性儿,不知道这是在积民怨!大伙儿要给他撬门……"

"撬了吗?"

"没有。他们怕肖万昌,知道他开会去了,就来找我,到时候就说是我同意了的。谁知我赞成他们撬门,他们反倒害怕了……"

小织长长地舒了一口气。

"荒荒当着大家的面跟我叫'驸马'。说明群众早把他看成土皇帝了。你不让我跟他分开，就是说还要我给他当'驸马'！从大队部回来的路上我就想：一定把他们喊的话告诉你……"

李芒有些冲动地望着他的妻子，声音颤颤地说着。

小织抬头望着大片的烟田，咬着嘴唇。她说："我知道你还会说什么。你说出来的、没说出来的，我全能明白。我知道他和咱不是一路的人，可我常想，咱和他积了这么多年的怨气，过去了的就让它过去吧！咱现在的日子不是已经过得挺好了吗？烟田的肥料不用咱操心，烟叶从来都是卖高价钱，这些不全都靠他吗？将来孩子生下来，他能没有姥爷吗？李芒！你是太倔了啊，你想得太多了、太细了！你就不会忍着点儿……"

李芒的目光长久地停留在她笨重的身子上。他说："是啊，比起那几年到处流浪来，现在怎么能说是过得不好？我们有了这么大一片地，又成了全县有名的专业户。可这是和当年把我们逼跑的那个人联合的，是这样成了专业户的！你不觉得这种好日子里面也掺和了好多屈辱吗？"

肖万昌开会回来，很快知道了老屋门前闹的这场事。他让民兵连长请来那些人，和他们一块儿站到老屋门前，微笑着问："你们说这里面有多少化肥？"

大家感到莫名其妙，没人作答。

荒荒见肖万昌用眼盯他，就往人身后挤了挤。

肖万昌说："荒荒，你来估估，我看你是好眼力。"

民兵连长在一边笑着。

荒荒见肖万昌很和蔼，就朝身边的人扮个鬼脸，说："少说也有一千斤！"

"多说呢？"

"两千斤！"

肖万昌笑了。他把手按到荒荒的肩膀上说："你还是没有估准——你估得太少！我这里面存有化肥两吨，整整四千斤！"他说着，不知从哪儿取出一支粉笔头儿，回身在铁门上写了：内存化肥两吨。

人群里发出吸气声。

肖万昌又说："话不说不明，我今天就是跟大家说明一下情况的。不错，这里面的化肥有上级分配的一份儿，那是保证重点专业户的，比大家也多不了多少，也不过几百斤。其他的就是我自己找门路买来的了，与分配的公肥没有关系。有人说我偷着藏下来，一个'偷'字把我这个党支书说得挺窝囊。化肥又不是抢来的，不过是借这么一块地方放一放，偷着藏？用不着吧！"

没人吱一声。民兵连长还在笑。

肖万昌停了一瞬，又接着说："要搞化肥，这我支持！开动脑筋，前门后门（说实话，我这些化肥不少就是走后门来的），都不妨搞搞看，都到了什么时候了，还像小孩子一样事事找保姆！我可做不了这么多人的'保姆'。我听说有人带铁杆子搞化肥来了——这个法子可使不得。撬门破锁犯法哩！我在这里劝大家一句：犯法的事还是不做的好！……"

肖万昌说完，开朗地大笑起来，满脸堆上了和善的皱纹。

荒荒用眼睛瞟着肖万昌，重新挤到人群里去了。

"赶空儿我还要给大家传达一下会议上的精神哩……"肖万昌卷好一支喇叭烟吸着，眯起了眼睛，"会上，张县长接见了全县的专业户代表，一个一个鼓励，拉着手问还有什么困难。大家都笑着说没有困难。我们是老朋友了，'文革'那年他在我家藏过好几个月，我可从来不和他客气！我说：'我自己倒是没有困难！俺村里还有个荒荒，快四十了没有娶上媳妇，裤子后腚上老是破个洞，你管不管？'……"

他大笑起来。

有的人跟着笑起来，但更多的人却陷入了长久的沉默……

肖万昌离开大队部，到他的承包田里来了。他见李芒和小织在耘烟垄，就要过小织的耘锄耘起来。他左右开弓，耘地的姿势很好看，但总也不能和李芒耘得一样快。他只好耘窄窄的一溜儿，一边耘一边和李芒说话："我看今年的烟长得比去年要好！一张烟叶子就是一块钱的人民币……开会时见到烟厂的王会计，我跟他讲：秋后收烟可要睁起眼睛来！……"

李芒打断他的话说："今年的烟劲道大。这从烟叶那些黄疤上看得出来。有人爱吸便宜烟，就得小心呛嘴巴！"

肖万昌摇摇头："嘿嘿，这地方的人什么烟没吸过？劲道越大越好，呛不着。劲道大过瘾哩！"

"长期过烟瘾，嘴巴里该生口疮了！"李芒又说。

"口疮又算个什么！"

"不能吸烟了。"

"照吸就是。"

"小心烂嘴巴。"

肖万昌停了耘锄，看着一旁坐着的小织，"哼哼"地笑起来。只有将牙齿咬在一起才能发出这种笑声。小织低着头，声音非常轻微地叫了一声："爸……"

"什么事？"肖万昌很警觉地睁大了眼睛。

"你看别人的烟棵又黄又小，可不该扣留他们的化肥。榨油厂也不卖豆饼给他们了，说要等着和你订合同。天这么旱，要浇地就得自己出柴油，他们也没有柴油。听说荒荒的烟叶旱得打蔫了……谁都指靠着烟田过日子，你该为他们想一想办法，你的办法总是多的……"

小织这样说着，眼睛却一直盯在李芒身上。

肖万昌听完女儿的话，长长地叹了一口气。他皱了皱眉头，然后重新低头耘起烟田来，自语般地说道："我为这个村子奔忙三十多年了。我现在该为自己家里做点儿事情了……"这样说着，心里却在苦笑。是啊，三十多年！这期间有多少坎儿。政治运动，家族矛盾，村仇械斗，无数的难题交织在一块儿，他每次都在风口浪尖上。但他很快就老练了。四十岁以后，他遇到事情就从来没有惊慌失措过。整个村庄仿佛就是一个巨大的轮子，他认为它需要旋转一下了，就伸出手指轻轻一拨。平时他总是大背着手，他特别愿哼古戏里诸葛亮的那句唱词："我本是……散淡的人哪！"

耘锄的一个尖齿刺进烟秸里去了。他"哼哼"地笑着，把尖齿儿慢慢退出来……

八

刮了一夜大风。

这种风是让人厌恶的。很多烟叶儿给刮折了，没有刮折的也扭向一边，像一个人为抵挡风沙的袭击把手臂蒙在头上一样。所有的人家都到烟田里捡拾折下的烟叶，集中到一处去晾晒，准备将来有机会再把这些不成熟的劣叶子卖出去。这种风每年秋天都有，今年刮得早了点儿，损失也就不大。如果在烟叶收获的前几天，烟叶儿上足了"烟"，刮起大风来，不但会刮折烟叶，还会刮走烟叶上的"烟"！

风中掺了雨，所以人们活动在烟田里，衣服都湿透了。

李芒和小织很早就到田里了。他们把折掉的烟叶抱到老柳树下，堆了很高的一垛……老柳树被风雨抽打了一夜，大清早还在呻吟。它的叶子不断飘落下来，枝条也从身上脱落着。它的裂缝经了雨水，干朽的木头涨起来，发出老人干咳似的声音。有一块干树皮被水汽滋润得脱离了树干，掉在李芒的肩膀上。李芒吸着他的大烟斗，端详着这块老树皮，觉得它像一块炮弹皮一样。

小织有滋有味地吃着刚刚变红的山楂，一把一把从衣兜里掏出来。李芒看看她手里的山楂，口水就要流出来。可她偏偏要把山楂送到他的脸前……她吃着山楂，抬头四下里张望着。四周的烟田中，都有人影在活动。远处被雾气罩住，什么也看不清，只听得见那一声声咳嗽和叹气声，还有那奇奇怪怪的、听不清词儿的村里人的歌唱。烟农们对风的恶作剧说不上是高兴还是悲哀，因为每年都有这样的风，吹折了这么多的叶子，像要代替他们辛劳的手去收获似的。雾海静静的，没有什么波涌，多少人在这早雾里钻烟垄，在田埂上奔跑。雾气漫开了多远呢？在辽阔的芦青河两岸，在整个的海滩平原上，都蒙上了这么迷迷茫茫的一层吗？这雾气将烟草的气味、牛羊的鸣叫、村里人的呼喊和咒骂、芦青河的奔流声、海潮的轰响以及泥土细微的声息都融合在一起了……小织的目光从远处收回来，又落在自己的烟垄上。她看着看着，目光就凝住了！

她发现整整两座屋基那么大的一片土地上，烟棵儿都倒伏着。她惊呼了一声，扯着李芒的手奔了过去。

原来是一片烟棵被人砍倒了！不成熟的、稚嫩的烟秸被齐齐斩断，断口处渗出清清的水珠，像泪滴一样……

"谁的心这么狠啊！多么坏啊……"小织心痛地用手抚着被砍倒的烟棵。

李芒默默地吸着烟斗。

"怎么办啊，李芒，多好的烟叶……"小织蹲了下来。

李芒还是一动不动地吸烟。

他透过袅袅烟雾，好像看到了一张瘦削、黝黑、又愤怒又丑陋的烟农的脸。这张脸又熟悉又陌生，上面沾满了发黑的烟汁。那人握了把镰刀，穿过他自己那一片又黄又瘦的烟田，来到了一片黑乌乌的好烟棵跟前，咬了咬牙关，恶狠狠地砍伐起来。他砍得好惬意，好解恨，直到砍了好大的一片，他有些疲累时，这才跺一跺脚，往地上吐一口唾沫离开了……李芒从地上扶起小织，抚去她头发上的几颗水珠说："我们回到老柳树那儿吧……"

小织不动，只是盯着地上的烟棵。

这时有两个人吆吆喝喝地走过来了，原来正是肖万昌和民兵连长，肖万昌大概早已发现了这个情况，特意找了人来的。肖万昌的头发还像往日一样，梳理得一丝不乱。他今天穿了件深棕色衬衫，仍旧扎在半新的灰制服裤里。他说话的声音很大，但并不激动，脸上还带有淡淡的笑意。他对民兵连长说："破破这个案子吧，待会儿你请海边派出所的人也来。你协助他们……"

民兵连长心不在焉地看了李芒和小织一眼，笑了笑。

李芒默默地吸着他的烟斗，和小织一块儿离开了。他的大黑烟斗不离嘴巴，也不怎么说话，只在磕烟斗的时候深深地看一眼小织……

三天内没有什么消息。

邻地的人远远地向这边张望，可是像怕沾了什么晦气似的，并不到近前来看。腊子回家来了，他听说了这个事，骑着他的轻骑到烟田里来了。他穿着紫格子衣服，戴了墨色眼镜，将轻骑开得很快，到了烟田里却猛地刹车。他并未下来，摘下眼镜望了望被砍倒的烟棵，骂了一句什么，就离开了。……海边派出所的一个胖子也来了一趟，他将两手抟在腰上，掀起了后衣襟，使所有见过他的人，都同时看到了贴在他后屁股上的小皮套子枪。烟农们开始伸舌头了，吸冷气了，发出"咝咝"的声音。

第六天上，半下午时分，肖万昌、胖子、民兵连长和荒荒四人到田里来了。他们后边不远，跟上来一些小伙子、妇女和娃娃，邻近地里人见了，知道案子破了，也放下手里的活计走过来。李芒和小织也走到那片砍倒的烟棵前。

海边派出所的胖子看着地上的烟棵，不时掏出一个小本子记上两笔。肖万昌卷好两支喇叭烟，分给民兵连长一支。荒荒想抽烟了，从衣服的里层摸索出一个又短又小的竹子烟斗，用两根手指夹着吸起来。

"用什么工具作案？"胖子问。

"告诉多少遍也记不住，用老镰！"荒荒有些不耐烦。

把镰刀叫成"老镰"，惹得四周的人一阵大笑。

"什么用意呢——为什么砍？"胖子又问。

"什么用意，没什么用意，砍他娘的就是！"

荒荒说着，把小竹烟斗放在鞋底上磕起来。他的鞋子很怪：底子约莫一寸厚，帮子上缝了各种颜色的补丁，圆乎乎像个大彩球。大家又笑了。可能是笑鞋子。

肖万昌在一旁不慌不忙地说开了："唉，庄稼人就是没有法治观念！你恨我，可以指出我的错误，怎么能破坏农作物呢？犯了法，谁也没有办法……"

荒荒听了，用小烟斗指着肖万昌说："不用说了，我知道你，你他妈的最不是东西。老寡妇让你这伙气死了，又占人家老屋藏东西……"

他的话刚停，民兵连长就笑眯眯地凑近了他，用烟头儿往他手心里一触。荒荒毫无准备，疼得跳了起来。

派出所的胖子正低头记着什么，一抬头见荒荒在跳，就迅速地从皮包里摸出了一副手铐，跑上去卡住了荒荒的两只手。

大家都不笑了。

胖子手里捻动着一杆紫红色的圆珠笔，两眼盯住荒荒的眉心说："拘留你！"荒荒的眉心上有一块疤，大家都看到了。

李芒把一切都看在眼里，这时走上前去问荒荒："荒荒，真是你砍的吗？"

荒荒摇头大笑。

"荒荒！别让人讹了你……"李芒喊着，愤怒地推开了那个笑眯眯的民兵连长——他笑着抱了荒荒的胳膊，正用指甲掐荒荒的肉呢。

荒荒仍旧大笑："哈哈，'驸马'，这回抓了我你该高兴了吧？留下你自己发财吧！哈哈……"

荒荒被押走了。人群先是随着荒荒移动着，最后又散开在田野上……

李芒蹲在砍倒的烟棵旁，默默地吸烟。吸了没有几口，他突然站了起来，噗的一声抛了烟斗。

"李芒！……"小织喊了一声，紧紧地抓住了他的胳膊。

李芒望着远去的人群，慢慢蹲下来。不知过了多长时间，他才拾起烟斗，和小织默默地走回家去了。

李芒仰躺在炕上，不说一句话，目光一动不动地看着天花板。

小织用手试了试他的额头，说："李芒，你病了吗？"

李芒摇摇头。

小织坐在他的身边，看着他。

"小织，"李芒望了望她的脸，"从明天开始，由我们替荒荒扳苞权、耘烟田吧。"

"也怪可怜人的。不过他也太坏了，砍了咱那么大一片烟……"小织说。

李芒看着天花板："他没有办法，我们有时也没有办法嘛！他算被逼到数上了。他要报复，就用上了那把镰刀……想想吧小织，他穷得没有第二双鞋子，一点点指望就全在烟田上了。可他没有肥料，也没有水。什么权力全在肖万昌他们手里。招工、分红、参军、出夫……娶媳妇有时也得受他们干涉，荒荒的媳妇不是肖万昌给搅散了吗？他什么办法也没有，只好用镰刀撒撒气……我眼看着荒荒被抓走了，恨不得去把他夺回来！我心里明白：荒荒是因为砍了我们的烟棵才被抓的！我们倒和肖万昌搅在了一块儿！让大伙儿去恨我们吧！没人再会瞧得起我们……"

李芒激动起来，从炕上跳了下来。

小织呆呆地望着他。

"我们被逼得无家可归，到处流浪才学到了一点儿过日子的本事，学会了种烟的技术！可我们只有技术，没有肥料，没有水，没有公平合理收购烟叶的地方。没有这些你怎么能富起来！咱就这么和肖万昌联合了，成了全县最有名的黄烟专业户！……多大的屈辱啊！多少人在烟田里急得团团转，我们倒心安理得地做起了专业户！小织，我们对不起乡亲们，对不起荒荒！也对不起我们自己！"

李芒愤怒地挥动着拳头，在屋里走着。他连连说着："不能再忍了！不能这样下去了！赶紧让这种鬼联合散伙，立刻就应该去告诉他！"他的脸膛变成紫红色，全身颤抖，碰倒了凳子，就要迈出屋门。

小织紧紧地抱住了他的胳膊。她叫着："李芒！李芒！"

"我们在和什么鬼人联合！我们这个不干不净的专业户啊……"李芒几乎要吼叫起来。

小织有些害怕，她抽搐起来……她从他的衣兜里摸出那个大烟斗，给他装了烟，塞到了他的手里。"李芒！"她叫着，"冷静一下吧，李芒！你答应过我，要等我同意了那天才……才正式和他分开。这样，你今天这样怒冲冲的，会把事情弄坏……啊，李芒！你听见了吗？李芒！啊啊，李芒……"

李芒握烟斗的手颤抖着，颤抖着，终于慢慢举起来，将它送到嘴巴上了……

九

小织的手指也不知是怎么长成的，又细又圆，那么光润，那么软！用它拿苹果、搬凳子、捏钢笔……它触摸过的东西都变得比原来美好了。李芒曾经不眨眼地看它弹拨过一次琴：它按在丝弦上，黄色的丝弦弯下来，它也弯下来；丝弦颤动着，它也颤动着。当它在丝弦上揉动时，指尖就微微发红了，像害羞似的；它用力弹了一下弦，弦要激动地跳起来，它却异常机敏地、有几分顽皮地先一步从弦上跳开了。指甲又硬又亮，闪着荧光，像十枚小小的铜片。小钢片打在弦上，当然是金属的声音。几道丝弦，有粗有细，它不冷淡任何一根弦，去抚摸、去揉动。它的温柔全在弦的身上了，丝弦叙述着各种感触。委婉的语气也像是模仿着它。有时它全从弦上移开，与弦相距一寸，像是默默地对视，又像是在轻轻地喘息。这安静的几秒钟里，空气凝住了。它重新按在弦上时，是几根手指轮换地触摸，显得小心翼翼，像是怕惊醒了对方的熟睡，又像是蹑手蹑脚地行走。丝弦终于没有被惊醒，熟睡过去，发出轻微而均匀的鼾声。于是它离去了，指尖勾起，恋恋不舍地从弦上移开……

一个男子这样细致地研究一个姑娘的手，他自己也感到有些难为情。可是没有办法，这双眼睛特别执拗。李芒有时故意把脸转向一边，但眼睛却仍要去寻找那双手。

那双手曾捏紧了一个做标记用的小铁旗子，插在一个铅球砸出的印痕上。那个铅球就是李芒掷出去的，她惊羡地看了他一眼。他也同时看清了她是肖万昌的女儿，于是深深地吃了一惊。

他当时看到的是一个娴静的姑娘。她穿了洗得发白的黄军衣，一条学生蓝制服裤。与上衣不同，这是笔挺的、使下肢显得特别修长的新裤子。衣服特别合身，恰好衬托出她的丰满与娇小。她的脸色很红，猛然一看还以为她正害羞呢。像一株秀美的香椿树，挺拔地长在屋前的空地上，并没有因为水肥充足就痴憨地疯长起来。它矜持得很呢，将雨露闪烁在叶子上；叶梗儿发红，像永远披了霞光。她的确使人想起这样的一株香椿树。

　　毕业了，她和他都回村了。她依然常常穿着那身泛白的军衣。那个年代军衣时髦得很，她开始是赶这个时髦的；后来谁都发现军衣使她更加漂亮了，她实在需要这样的一件衣服。……肖万昌安排女儿做了大队广播员。她可以不下田，这就招来了村里人暗暗的怨恨。可是她的甜润的声音慢慢使人喜欢起来，人们都在心里问：有这样一个广播员有什么不好？年轻人很寂寞，从学校回到田野很寂寞。李芒和小织每天要参加夜校，他们就在这时组织了一个文艺宣传队。

　　排练节目时，李芒常常看小织弹琴。

　　宣传队要到造田工地上演出，工地上的先进人物，无一例外地都要编进节目里。只有李芒和小织两个人是高中生，节目也就靠他们编了。他们常常编到深夜，一点儿也不累。他们编了快板儿、数来宝，自己先要说一遍。李芒能将数来宝最末一段的最末一句罗列上七八个形容词而后押韵，这使小织觉得新奇而痛快。她腼腆、内向，极度兴奋时往往垂下眼睑，摆弄她那支铝杆儿镀金钢笔。她那两只柔软的、可爱的、未被粗重的东西磨损过的手掌不时去翻动一下纸页，李芒把她弄乱的纸页再理整齐。他总是微微含笑，表现了一个男子的沉着和自信。他和她很少说话，因为有些更细微的东西，有些还嫌模糊的感觉，语言反而说不清。他们两人都自觉地在一种氛围里大致沉默着。夜色真美好，月亮姗姗来迟了。窗外不安分的鸟儿叫一声，风懒懒地摇动着树梢。他们疲倦时走出屋来，伸一伸腰，踩一踩湿漉漉的青草。小织脑后那两个弯弯的毛刷刷在月色里显得特别可笑，揪一下多好，可是没人敢揪。它就那么骄傲地摇摆、颤动吧！它就那么高高地翘着吧！暂时没有人理睬，没有人去过问……这里是一所学校，就处在村子的西北角上，离村子有半里之遥。校舍在一片稀疏的树林里，夜晚有一个老人在睡觉。此刻老人早就睡着了。

　　他们走出屋子时，听到的是校舍四周各种奇奇怪怪的夜之声息。虫鸣、蛇走、刺猬咳嗽，一只大乌鸦在远处落下。村子里狗吠了，小孩子在哭泣，有位老人悲伤地号啕，这声音真正打破了一片寂静，使月色也变得凄凉了……他们这时候就默默地望向那黑魆魆的村子，猜测着，忧虑着，用目光寻问：又是谁家的老人遭到了不幸？在这样的夜晚里，在这样的月色里，什么事情都会发生啊……

　　老人的哭声越来越大了，狗吠得更急了。他们终于听出是那个老寡妇在哭。两个人都长叹起来。……老寡妇只守着一个傻女过活。傻女疯起来的时候就满街乱跑，老寡妇就不吃不喝地跟上她。有一回老寡妇追傻女追到一片蓖麻林里，出来的时候也变傻了：抓扯着自己的头发嚷叫着，说治保主任在蓖麻林里糟蹋傻女了，不一会儿又说是民兵连长。她说的那个治保主任死了快两年了，这显然是疯话。大家寻到蓖麻林里，什么也没有看到，都说老寡妇是疯了……

她从那开始就常常抓着自己的头发哭喊了。

两个年轻人站在惨白的月色里，觉得一阵阵发冷……

李芒说："我记得傻女上小学时一点儿也不傻。她是后来才傻的……"小织回忆着，点点头："大概是十四五岁时……"

两个人再不说话，往前走着。李芒走着走着突然站住了，眼望着远处的树影说："有一回傻女在巷子口遇到我，笑着，一点儿也看不出傻来。这样站了一会儿，她突然尖声大叫起来，用手去扯自己的头发，转身就跑了。我正发怔，觉得后面有什么人，回头一看，见民兵连长在我身后站着！原来傻女是看见他了……"

小织惊讶地望着李芒。

"你看，傻女见了民兵连长就疯！……"

宣传队排练时，村里的好多人都要迎着琴声赶来观望。民兵连长也背着枪赶来了，他还兼任着治保主任。他笑眯眯地看着好多人伏在明亮的窗前往里张望，第二天就禁止了"随随便便看排练"。他一个人来，有时也陪伴支书肖万昌。当肖万昌不来的时候，他就找一个角落坐下，长久地盯着小织。肖万昌如果来到这里，总是显得十分庄重。他不声不响地坐下，先点燃一支烟。有一个漂亮的女儿活动在这里，他显得十分得意。在这里，他的脸上流露得最多的神情，就是一个支书的威严和一个父亲的慈爱。偶尔他也站起来，问一下文艺节目中的某个问题，那时人们就会知道，支书关心的主要是政治，他要在政治上把关的。这时候民兵连长坐在他的背后，微笑着，不时地递给支书一支烟或是小声地解释几句什么。支书点着头，显出十分满意的样子。民兵连长跟支书说完话，就专心地研究几个女演员了。他看得最多的是小织，但偶尔也警觉地扫一眼李芒。

有一次民兵连长一个人来了。他站到小织的身后看她弹琴，突然脸上消失了微笑。小织只顾弹着，当她黑亮的、柔软的头发落到琴上时，她就甩一甩头。她想不到他站那么近，有几根发丝碰了他的脸。他的脸有些灰黄，有着三十多岁的人不该有的深皱。他有些惊讶地张开了嘴巴，露出了被烟草染黑的牙齿，发出一声很难听到的呵气声。他伸手搓了一下脸，嫌热似的退开一步说："小织会弹!"……临走时他对小织说："明天，不一定排练了，李芒要去队部开个会。"

"开什么会?"小织冷冷地问。

"他是'可以教育好的子女'，不开会还行? 这是治保会的制度。"

从此，李芒就常常被叫到民兵连部开会了。这里集中了二三十个年轻人，民兵连长和他们对坐着，一个人吸烟微笑。他说："先学习'老三篇'吧，待会儿再谈。"他有时也请肖万昌来讲讲话。肖万昌常讲的就是："重在政治表现。到底是不是可以教育好，就看你们自己了。唵?"他走后民兵连长就发挥起来，有时扳着手指告诉他们哪个国家才是"第三世界"。他讲累了就直眼瞅着一个女青年，嘴里又发出不易听见的呵气声。李芒在一边暗暗想：民兵连长的腮帮上，就短那么狠狠的一拳头!

他从民兵连部出来，再晚也要到学校那儿看一看。这种带有侮辱意味的会，使他沮丧极了。好比一个急需新鲜空气的人被强迫关进一间发霉的屋子里一样，一经解放，就马上奔到旷敞的原野了。他急于听一听那儿的歌声，那儿的欢笑。

那儿有歌声吗?

太晚了，没有歌声了。只有一个人在树下等他归来，这就是小织。

十

她在等待一个不幸的人，因而常常显得急躁和焦虑。她的性格就是这样的温柔多情，这样的容易体贴别人。她的眼睛特别看不得苦难，却偏偏生在一个有很多苦难的时代里。如果她不是肖万昌的女儿，不是这方土地上一个权威人物的骨肉，她很可能在等待别人的时候就遭到了罪恶的袭击。她站在那儿，比起身旁粗大的梧桐树来，越发显得弱小了。月亮出来后，照着她的旧军衣，照着她婷婷的身姿。她周身无时无刻不散发出一种青春的、让人爱恋的气息。秋天了，她已经在衣服里边加了一件秋衫，她对气候变化特别敏感。劳动还没有去磨损她，她躲在一个安静的角落里闪动着好看的睫毛，有些惊讶。她慢慢就不会惊讶了，慢慢就看到她等待着的这个人有多么不幸，以后的夜晚会变得多么凄冷。

李芒多么感激她啊。每当他从民兵连部出来，踏上通往学校的小路时，他就急于看到那个站在树下的身影了。排练的时候，他又被渐渐地融解在歌声里了。李芒后来发觉大家唱歌的时候，常常要寻空儿看他一眼，那目光里多少掺杂了一些同情和怜悯，这就使他特别受不了。他有时故意放高了声音歌唱，每一个动作也用力一些，来向伙伴们证明，他是多么不在乎去开那个会。可是这样一来他的动作常常就变得过于夸张了、不自然了。小织禁不住要问他："李芒，你的手，就是表现打锤子的动作，还要扬那么高吗？"李芒的脸马上红起来了……

后来，小织在父亲面前为李芒求情，请他不要再让李芒去开那种倒霉的会了。肖万昌吸着烟，好长时间没有说话，只是不时地看一眼女儿。他说："你可得跟李芒离远一些。他是什么人你该知道，你好像对他不错……"小织的脸红了。她想说点儿什么，可父亲的眼睛一动不动地盯着她："你自己揣摩吧。你不是个笨孩子，我知道你不会自己去毁自己……"肖万昌的语气严厉起来。她抬头看了看，见他的脸色不知什么时候变得铁青。小织有些吃惊。她想争辩什么，但她什么话也说不出，只噙着泪水离开了。

　　李芒仍旧要去开会，民兵连长仍旧来看排练。当李芒缓缓地离开宣传队，朝着大队部走去的时候，小织总要呆呆地目送他远去。小织想他那沉重的步履，是被难以负起的重压拖累的。

　　李芒越来越消瘦了，嗓子也常常嘶哑。他决心离开宣传队，跟小织告别说："小织！……你不知道、不知道我一次次被叫走时，我想些什么……我想起了我小时候戴的那条红领巾，鲜红鲜红的……可是……"李芒说着，眼里涌出了泪水……

　　小织紧紧地握住了他的手，摇动着说："我明白！我知道！李芒……"

　　小织决心要让李芒留在宣传队里，留在这个暂时用歌声编织起篱笆的小花园里，无论如何也要让他留下！宣传队的伙伴们无数次地安慰他、劝阻他，紧紧地拥抱起他来……

　　李芒后来终于留下来了，所有的伙伴都高兴得不知怎么才好，大家兴奋极了。

　　这天晚上，他们没有排练以往的节目，而是各自选择了自己喜欢的歌子，不停地唱起来。多么痛快！多么舒畅！就好像欢迎一个从远方归来的好朋友似的，大家围着李芒，眼睛里闪着比往日更明亮的光泽。也巧得很，这晚上李芒和小织的同学袁光从河西找他们玩来了！这使李芒和小织十分高兴。三个同学见面了，彼此都激动起来。袁光白天在生产队里劳动，只有夜晚才有时间出来玩。他大概很久没有经过这样热闹的场面了，看着大家唱歌，满脸通红，鼻尖上渗出了愉快的小汗珠。袁光的头发又长又乱，这使他自己都有点儿不好意思了。后来他小声说：他要早些赶回去了，因为他出来时找治保会请过假……他说这话时，见李芒垂下了头，也就闭上了嘴巴，站起身来。

李芒和小织去送袁光了。

一天的星星。他们踏上海滩，穿行在稀疏的小树林里。他们默默地穿行在稀疏的小树林里。一天的星星。友谊分别记在三个人的心底，他们仰脸看那星星。夜露有时洒在他们的眼睛里……袁光踏上了芦青河的小桥，向两个好朋友无声地笑了。

袁光走了，月亮升起来了。他们又踏着月光穿行在稀疏的小树林里……白白的沙子在脚下嚓嚓响着，无数的叶片在四周闪动着绿色。小织的泛白的军衣上沾着露滴，她的两个毛刷刷辫也沾上露滴了。她的前面几尺远的地方，走着高高细细的李芒。在这月色苍茫的大海滩上，她跟上李芒往前走去，就像跟在了一位兄长的身后，心里那么温煦和安逸。她很羡慕李芒那挺拔的、青春勃发的身姿，也羡慕他那透着男性的力度、男性的自信的宽厚的臂膀。她呼唤他："李芒！你走那么快，你走得真快呀……"

她的声音慢慢弱下来，"真快呀"三个字几乎要听不清了。李芒于是就放慢了脚步。他像是极不习惯于这种行走的速度似的，只得走走停停。小织简直就不像赶路了，她的步子十分缓慢，一双大大的眼睛四下里观望着。后来，她就倚着一棵青杨树站住了。李芒也走回到树下来。他听见了她均匀的呼吸，看了看她那个很严肃的样子，觉得她多么好又多么可笑啊。李芒没有吱声。

"李芒，我不会老待在宣传队里的……"小织说。

李芒不解地看了她一眼。

"你想想，我爸爸会让我待在村里吗？不用多久，他就会把我弄到哪个工厂、机关里去了……"小织轻声说。

"他一定会。"李芒说。

"我就那样走了吗？"

"可不是就那样走了！"

"就那样离开宣传队了吗？"

"可不是就那样……离开了！"李芒的声音变得很粗重。

小织垂下了头，两个小毛刷刷往上仰着，微微颤着。李芒看了看它，心中有些闷热。他又把目光移向黄蒙蒙的前方了……小织仰起脸来问："你喜欢一个人待在这片海滩上吗？"

李芒笑着："你喜欢一个人待在海滩上。"

小织又问："你喜欢有一个人和你一块儿待在海滩上吗？"

李芒笑着："你喜欢有个人和你一块儿站着。"

"你把铅球推那么远……什么胳膊！"小织笑眯眯地看着他。

他有些冲动地猛击了一下青杨树，青杨树周身震动。几滴露水落下来，有只鸟儿也飞了。他大口地呼吸着，他觉得身上很燥。这个夜晚明亮、安静，没有一点儿风。远处的林木高高簇起，月色下看去像一道山崖。他此刻倒真想让前边有座起伏的山岭，他们一起攀登上去。他看看小织：她就站在身边，那么娇小的一个姑娘。她是依偎在这棵大树上了，用那个很小的小巴掌抚摸着光滑冰凉的树皮。她比他小那么多，他看她需要低下头来呢。他抿了抿嘴角，轻轻地咳了一声。他想唱一支歌儿，他突然觉得大海滩上的林木、沙土、夜飞的鸟儿、小蚂蚱、飘飘落下的叶片、溅起的露水……一切的一切，都融化在他要唱的这支歌里了。没有什么痛苦了，没有什么焦虑了，没有什么不安了。眼前的树木仿佛退远了，又慢慢消逝在远方，化作一片朦胧的月色。大海滩像被一层雪粉轻轻覆盖，反射出淡淡的光来；大海滩毛茸茸的，粉丹丹的，热烘烘的。大海滩像个红眼儿白毛的小兔子了！你想去捕捉它，把它举在手上。哦哦，一天的星星！星星用热切的眼睛望着海滩上的一切，眨着，又睁得老大，雪亮亮的眼睛啊。星星眼里的世界会是这样的吧：只有一个温柔的大海滩，只有一棵大树，只有两个人。两个人隔着一棵树。红眼睛的小兔子，小兔子伸出通红的小舌头去舔闪着露珠的树叶儿。它喝足了水，就睡着了。它的鼾声那么轻微、均匀。它紧紧依偎着一棵高大的青杨树……李芒的心噗噗地跳起来，他把手压到了身后去，轻声呼唤："小织！小织你一声也不吭……你睡着了吗？小织……"

"我没有睡着。李芒，李芒……"

"我们离开青杨树吧，我们往前走吧！"

他们走去了。微微的风吹起来了，吹来一种淡淡的香味。慢慢地，林木更稀疏了，开阔的草地袒露出来了。月光在平展展的草的尖叶上滚动跳荡，小野菊特别显眼。离开草叶一寸高的地方好像有什么在飞速流动，看得人眼睛发花。他们仔细看了看，看出是闪亮的甜草叶儿在风中扫动，月光在上面走来又走去，真像是流动着什么！李芒说："小织，你看，我好像第一次发现这个地方似的……多好的一片小草原!”小织重复着他的话:“多好的一片小草原!”……踏在了小草原上,野菊的香味变得扑鼻了。他们在这片开阔的草地上坐下来了。小织小心地捏了捏李芒支在地上的一只胳膊说:“像铁一样……”李芒就用这只胳膊把她揽到身边说:“像铁一样……”小织呼吸的声音又粗又急,发出一种哭泣似的声音,挣脱着,奋力挣脱。因为“像铁一样”,她终于挣脱不掉,于是就把头伏到他的宽厚的胸脯上了。他试图将她的头扶起来,可是怎么也不能。他抱着她,唯一的担心就是怕她笑自己那颗咚咚乱跳的心。他终于可以去攥她脑后的两个毛刷刷了,小心翼翼地伸出手去。他发觉她的头发很滑,很滑很滑的。他声音颤颤地说:“一切的一切,什么,所有的什么东西,我都不怕了……小织,啊啊!小织……我听不见你喘气了。哦哦,你真要睡过去了……小织,你没有睡过去啊,你的眼睛睁这么大。你看见什么了?你知道吗?你听见吗?我什么都不怕了……我想告诉你的就是这个。小织,啊啊!我又听不见你喘气了。哦哦,哦……小织!”

小织的头埋在他的胸脯上。她闭着眼睛,一片黑色没有边缘。她什么也感觉不到了,似乎也听不到李芒在说些什么。一股热流从她的心房流出来,涌遍了全身。她觉得她是伏在一片黑色的、温暖的波涛上了,正随着海的浪涌漂去了。海浪抚摸着她,把她的毛刷刷辫拆开了,把她黑色的头发溶化进水流里去。远处的浪涛巨雷般轰响,震动着她的心,她勇敢地向着那雷鸣游去。阳光在黑色的波涌上闪耀,金色的水珠跳荡起来。一片大海变绿了,翠绿翠绿,波涛也在平息,渐渐地,大海又像绿丝绒那样光滑了,细小的皱褶活动着,变幻着。她在这绿丝绒上惬意地、尽情地舒展，她玩得都有些眩晕了！……突然她又听到雷鸣似的浪涛在轰响了，她好奇地将头埋下去，埋下去。她听得更清晰了："轰——隆！轰——隆！……"她用手去抚摸，后来，她的手就被更大的一双手给捉住了……

李芒捉着她的手，一动不动地握着。他昂起头来，默默地注视着前方。

那还是茫茫的月色，还是丛林，黑魆魆的丛林……小织问："李芒，你怎么了？你在想什么呀？"

李芒喃喃地："我在想我自己、想傻女和袁光……"

小织沉默了。停了不知多长时间，小织才轻声问："我们该回去了吧？"

李芒点点头："该回去了！"

十一

严寒来到了。芦青河又结了白色的冰层。后来冰层加厚，过河不一定走小桥了，可以大摇大摆地从冰上踏过，一些来不及收获的蒲苇就冻在冰里半截，寒风又把它们从冰面上斩为两段。

每年最寒冷的时候，学大寨总要掀起一个高潮。为了造田，"跟荒滩要粮"，需要砍掉大海滩上一片片林木，然后将白沙子下面丈把深的黑泥翻上来：这叫"大翻"。大翻是当时最苦的活儿了，人们要翻一个冬春，脚上一直穿着生猪皮包裹茅草做成的鞋子。几乎每年都有人在大翻中受伤，不是被塌下的土块砸坏了腰腿，就是被锹镐碰伤了哪儿；也有人被崩下的冻土块埋住，永远不再活过来……这年的"大翻队"又成立了，李芒理所当然地被派到大翻队里。

他的手掌很快就挤出几个血泡。后来血泡没有了，磨出了一层铁样的老皮。他从来没有被碰伤过，一双灵活的眼睛警觉得很，总是一次次化险为夷。民兵连长做了"大翻总指挥"，他掮着枪，将一个琥珀色烟嘴咬在嘴角上，在丈把深的泥沟岸上笑眯眯地走着，见了沟下的李芒，就蹲下来欣赏一会儿。

李芒默默地瞥他一眼，咬了咬牙关。

民兵连长笑着："喂！伙计，上来喝口水吧？"

他明明知道李芒上不来：只有统一休息时才放下长木梯让大家爬上来，平时大小便也都在下边了，要喝水，也是随便找个水洼子伏上去……他是逗着李芒玩儿。

这天晚上，民兵连长又来宣传队里看排练了。他就站在一边看小织弹琴，有时还眯起眼睛倾听。有一次他被一阵特别委婉的琴声引得睁开了眼睛，接着就紧紧地咬住了烟嘴。他看到小织一边弹琴，一边看着李芒，那目光热烈中透出无限的柔情！他的烟嘴越咬越紧，后来就是这么硬咬着走出屋去……

第二天早上，李芒很早就来到大翻工地上。工地上没有人，李芒正想找个背风的泥堆歇一会儿，突然从泥堆后面跑出一个老婆婆来。原来是老寡妇，她正从翻开的泥沙中寻找铲断的树根，准备做烧柴……李芒就帮她找起来，一会儿就弄了一大捆。

老寡妇坐在柴捆上，像是一时不想走了，眼神僵直地望着他。望了一会儿，她竟然朝着他的脸伸出手来。李芒的心咚咚跳着，但没有逃开，而是往前走了一步。她终于能够摸到他的脸了，就一下一下地抚摸起来。李芒看着她的有了笑意的眼睛，看着她的头发，不知怎么想起了傻女和蓖麻林。一个念头越来越强烈，他突然想起要弄明白蓖麻林里的秘密！他像自语似的，喃喃地说道："蓖麻林……蓖麻林……"

老寡妇的手像被什么烫了似的，从李芒的脸上倏地抽回来，大声呼喊起死去的治保主任和民兵连长的小名来，竟然呼个不停……人慢慢多了，围了上来。

李芒和老寡妇被围在中间。他十分后悔，不该提蓖麻林……老寡妇喊着，比画着，突然向外冲过去。大家一看，原来民兵连长就站在人群后面，不知怎么就被她发现了。民兵连长跳着，慌慌张张地跑着，躲闪着追上来的老寡妇……

大家喝起彩来，一边大笑，一边给老寡妇加油……

上工的时候，民兵连长阴着脸，一直蹲在李芒的那一段沟岸上。他徐徐地吐着烟雾，看着下面的李芒整得满脸泥浆……看了一会儿，他突然咯喃一声将烟嘴咬住了。他笑着对李芒说："你到东边那条沟里翻去，你的个子高。"说完就让人放了木梯。

李芒踏上岸来。他端详了一会儿东边这条沟，立即惊得怔住了！

这是一条特别狭深的沟，往下看黑森森的。沟的一边已经弯曲了。弯曲来自巨大的挤压力：离边沿一米多远处，已隐约可辨有条断裂痕了。不难判断，这条冻土沟在一两个小时内，也许更早一些，就会坍塌掉！如果不是他发觉了，那么用不了多一会儿就会被活活埋掉！他深深地吸了一口冷气，仰面望了望蓝蓝的天空……

这一天，小织刚踏进家门，肖万昌就用冷冷的目光盯住她。这样过了有五分钟，小织觉得自己的手有些颤。父亲淡淡地说了一句："说说你和李芒的事吧。"小织猛地抬起头来，咬了咬嘴唇。"说说吧！"他的声音突然变得又粗又硬。小织还是不吱声。

肖万昌等待了一会儿，声音又软下来："你不说我也知道。我就你这么一个闺女，你是父亲的心尖肉……我交个底给你吧：你要找上李芒，除非日头从西边出来！你自己思量去吧！"他说着，终于火气又涌上来，最后几个字是从牙缝里一个一个挤出来的。小织还是第一回见到父亲激动成这样，她又一次感到了惊讶，但更多的是气愤。一种受辱的感觉从心底泛起，她有好多话，但她一个字也没有说，转身跑出了屋去……

李芒更频繁地被叫去开会了。

宣传队很快就被迫解散了。但小织仍像过去一样，站在树下默默地等他归来。李芒从民兵连部出来，总是急急地奔向学校了。他是奔向一束阳光去了……在路边的这棵树下，他们谈了那么多。当李芒告诉了她冻土沟的事情时，她惊恐得好长时间没有说出话来……

不知从什么时候起，人们听不到老寡妇的哭声了。后来才知道是傻女突然失踪，老寡妇病倒了。不久，她就死了。

她死的那天晚上，老屋门前围了很多的人。不懂事的孩子哈哈笑着，打闹着。邻居的几个老婆婆偷偷地在角落里烧纸，弓着腰在地上画着什么。她们的背影使几个围看的妇女哭起来，哭声越来越大，后来男人们也哭起来了。

哭声惊天动地！李芒和小织睁着泪眼，惊讶地看着。他们从来没有见过这么多的人一块儿哭泣……

他们再也看不下去，从老屋门前离开了。李芒反反复复地想着不久前在大翻工地上，老寡妇追逐民兵连长的事；想起傻女见到民兵连长时的那一声尖叫……他走着走着突然站住了。

他说："民兵连长一准跟傻女的事有关……蓖麻林，老寡妇喊的蓖麻林不是疯话!"

"那治保主任呢? 他死了好几年了!"

李芒答不上来。他说:"老寡妇死了,蓖麻林里的秘密也给带走了。要找到傻女就好了。这一家子人惨极了,等于被推到了那条冻土沟里……"

"傻女不知道还活着没有? 她一个人跑到哪儿去了?"小织哀叹着,嗓子哽住了。

李芒说:"我有时真不知道这一辈子怎么活到底。肯定很难,到处都是那条冻土沟。我有时想:真不如像傻女一样跑走,跑得没有影儿,跑到天边上去! 傻女一点儿也不傻呀!"

小织用她小小的巴掌握起李芒的手,轻轻地摩擦着。她小声呼唤着:"李芒! ……"

李芒望着天上的星星,又低下头来看小织那滑润的头发……他说:"那天晚上坐在草地上,你记得我说过一句话吗? 我说过'我今后什么也不怕了',这是真的。我到现在也这样想。可是,你能跟着我吗? 这样我也把你领到那条沟边上了,这不是更惨吗? ……"

"李芒! 李芒! ……"小织连声叫喊着,用手掩住了他的嘴巴……

他们一起向前走去……

在小路边上,多了一截干朽的木桩,立在那儿,黑森森的怪吓人。当李芒和小织试着走近它时,它的顶部突然闪亮了一个红点儿——原来是一个人默默地站在那儿吸烟! 小织惊叫了一声,攥住李芒的手就跑。他们跑开一段路之后站住了,听着身后的声音:那个人在咳嗽。

第二天晚上，李芒又被叫去开会了。当他走出民兵连部、走到那棵树下、走到小织身边时，突然从一旁的树丛里蹦出三个持枪的人来。还没容李芒和小织叫出声来，就有两个大白布套子分别把他们套住了。一个人呼喊着："抓流氓抓流氓！小地主崽儿耍流氓！哦嗬！……"

　　李芒马上听出是民兵连长的声音。他极力想撑破这个袋子，可是怎么也不能。他在袋子中闻到一股香味儿，接着用手摸到了一截粉丝。他终于明白了自己是被装在一个装龙口粉丝用的大帆布包里！他们可真会想坏点子啊！……民兵连长又喊开了："绳子缠上，绳子缠上！"话音刚落，李芒觉得有五六道绳子勒上布袋，并渐渐勒紧，有一条绳子正勒过他的咽喉，他感到一阵窒息，脑海中立刻闪过那条即将坍塌的冻土沟的影子……他呼叫着，奋力挣扎，尽量让绳子的位置离开咽喉远一点儿。他同时也听到小织反抗的声音，听到民兵连长的嬉笑："嘿嘿，小织呀，莫害怕，我是你大哥，大哥把你抱回家去……哎哟，有一百斤？……"小织怒斥着，叫骂着，但这声音和民兵连长的嬉笑掺在一起，渐渐远了……

　　李芒被几个民兵轮换扛到了一个地方，接着被抛到了一个又深又硬的坑里。他的头被重重地磕了一下，立即昏了过去。

　　醒来时，他身上的套子已经被解开了，原来他被抛在了一个废弃不用的水泥氨水库里！一股残存的氨味儿直刺他的脑门，身前身后、墙壁上，留着一些唾液和血痕，这里不知关过多少人呢！……小木门响着，接着民兵连长和肖万昌走了进来。李芒盯着这两个人，一声不吭。

　　肖万昌的头发有些乱，满脸倦意。他吸着烟，咳了几声。

李芒突然想起了那个夜晚小路边上的半截朽木桩，想起了那几声咳嗽。这咳的声音是一样的。

"……看来治安工作真要抓一抓喽。唵?"肖万昌在和民兵连长说话。

民兵连长笑眯眯地指了指李芒："这不捕获了吗?"

李芒冷笑着："你们比法西斯还有办法。可你们扼杀不了我们的爱情!"

肖万昌由于气闷而喘息起来，用手指着李芒说："你算个什么东西! 你这个小地主崽子大白天做梦! 你挠痒挠到我头上来了……好，好，你等着吧!"他骂着，咳着，身子摇晃得很厉害。停了一会儿，他的火气才消下来，对民兵连长交代了几句，急匆匆地离开了。

送走肖万昌，民兵连长就转了回来。他一进门就狞笑着嚷："芒兄弟口福不浅啊，我就没有这口福。你这回就是死了也值了。肖支书到底有钱，把个闺女养这么白嫩……"

没容他住口，李芒就给了他的下颌骨那儿一拳。这一拳打得没有节制，使民兵连长的头先往一旁猛地一甩，接着整个身子也倒下来……

小织一直躺在玉德爷爷的怀里。

她从被裹绑着送回家来以后，一直没有流泪。她听着父亲的斥骂，紧紧地咬着嘴唇。她第一次知道父亲也会这样凶狠地骂人。肖万昌在屋里暴跳着，大嚷大叫："你要和他好得成，除非把我杀了! 你干脆死了这条心，我早跟你说过! ……李芒那小子也活得不耐烦，看我这回怎么把他送到公安局里去! 臭流氓!"

玉德爷爷抱紧孙女，一边怒喝着儿子："出去！你给我出去！没完了？"……肖万昌走了，他还是紧紧地抱着孙女。

玉德爷爷就是这样把她抱大的。小织的母亲死得早，玉德爷爷就老是把小织带在身边了。今天的小织已经完全是个大姑娘了，他抱起她来还像过去一样妥帖自然。小织没有流泪，他却用粗粗的手掌擦了几下她的眼睛。肖万昌出去之后，他哈着气对小织说："孩子哟！咱可不能跟李家结亲！你还小，不省事，你不知道，过去河边上这些地全是他们李家的。我这胳膊，看见这块疤了吧？就是李家的狗咬的……"

玉德爷爷挽起了衣袖，让孙女看他胳膊上的疤了。

小织摇着头说："爷爷，李芒的爷爷、父亲不是全死了吗？他不是个孤儿吗？"

"不能跟李家结亲……"玉德爷爷摇着头。

"爷爷，李芒不是个好孩子吗？你不是也夸过他吗？"

玉德爷爷点着头："那倒是。"

"爷爷！"小织从老人的怀里挣脱出来，执拗地说，"我就和李芒好了，他到哪儿我跟到哪儿，我一辈子都和他在一块儿了。硬把我们分开，我会活不下去！……"

老人摇着头，叹着气，重新把小织紧紧地抱在怀里。

"爷爷，我们快去救出李芒吧！他们要把他送到公安局，现在不知怎么折磨他呢，那个民兵连长比狼还狠！……爷爷！"

玉德爷爷默不作声，一双深陷的眼睛望着漆黑的窗户。

起风了，街上的树木发出尖厉的叫声。小织恳求着爷爷，这时突然从老人怀里跳下来说："你听啊爷爷！你听！他们在抽他，打他，他在喊——你听啊！你的心比石头还硬……"

老人打开窗户，倾听着。还是只有风声。

"爷爷！快走啊爷爷……"小织摇晃着他。

玉德爷爷的胡子抖了抖，沉着嗓子喝了一声："织子！……"小织坐了下来。老人轻轻地关了窗户，又从屋角找来一根铁扦，掖在了宽大的衣襟下边，然后靠在椅背上睡着了。

刚过午夜，玉德爷爷就醒来了。他扯上孙女的手往外走去。他们撬开了氨水库的小木门。李芒已经被打昏几次了，搀出门来，当看清了来的是玉德爷爷的时候，立刻给老人跪下了。

李芒决定连夜逃走。当小织告诉要和他一块儿离开这里时，他的一汪泪水再也忍不住了！没法儿跟谁告别，没法儿跟老爷爷告别！他们抹去了泪花，转过几条村巷，就隐没在一片夜色里了。

在村边上，他们久久地呆立着。

整个村落死死地沉睡着，只偶尔有狗吠一声。天空有淡淡的云，星星忽闪忽隐。冷风从不远的海上吹来，吹起了他们的衣角。

他们踏上了河桥。过河，入林，开始了不为人知的逃亡。他们要走几百里，再折向南，入山。

十二

李芒怎么也弄不明白这几句话："用小树叶遮住眼睛，然后，不发一言。"他吸着大烟斗，一双手在诗集上摩挲着，显出很有兴味的样子。直接的、表面的意思他是明白的，他只是害怕还有什么寓意，什么象征，等等。他知道那些诗人的狡猾，知道诗人就是些善于埋藏东西的人。他吸着烟，看着这一行一行的、印得很规矩的文字，常常感到一阵阵惊讶。他品着烟，咀嚼着诗行，总能从里边掘出什么新鲜东西来。在南山和东北的时候，他试着写过一些东西，都写得很糟。但他也养成了读东西的兴趣。他每逢在生活中遇到难题，每逢激动起来，就习惯于翻开一本诗集、一本书。这能使他平静下来。更奇怪的是有时这书也能给他一些新奇的想法，使他这样做而不那样做。

小织伏在一边的缝纫机上做针线，她有些黄瘦了。这主要是因为她到了一个特别时期，她坐在那儿真有些笨呢！也可能李芒的执拗使她吃了些苦头，她几天来老要劝阻，说服她的丈夫。

这个家已经是很温暖、很幸福的了。几乎不缺任何东西，电视机、录音机、电冰箱……什么都有。特别安慰着她、使她自豪的是，他们家比别的家多了一个大书架子，这当然是因为有李芒的缘故。此刻的李芒坐在桌子旁，一声不吭地读他的书，慢吞吞地吐着烟。橘黄色的台灯光圈罩在他的身上，他屈起身子，一条腿放到了椅子上。这个家真是很安逸了呢……自从和父亲联合做了专业户以后，一切似乎都很顺利。父亲做了好多别人没有力量做的事情，比如黄烟的收购、追肥、浇水，有他也就有了诸多的方便。如果他们这个联合的黄烟专业户破裂了，那么在她和李芒这方面，肯定立即就会招来好多不便。也许他们再也不可能有这样安逸的日子了。他们需要为烟田去苦苦奔波了，也许最终还需要去经受失败的打击……

她很担心。她寻思事情从来就比李芒缜密。她担心的是经济上的损失；但最担心的，似乎还不是这些。她不赞成和父亲决裂，还有别的原因。到底因为些什么，她自己也讲不清，比如，因为他是父亲，等等。她自己也讲不清。她只是觉得处在她这样位置上的人，今天有责任去阻止丈夫……有时候，面对一个慷慨陈词或者咄咄逼人的李芒，她也有些胆怯了。她又开始担心另一些事情：我错了吗？是我在害李芒、害这个家吗？

"用小树叶遮住眼睛，然后，不发一言。"李芒握着大烟斗，咕哝着离开了桌子。

"不发一言。"李芒走过来，看着小织说。

小织把连在针上的线剪断，抬头微笑着看他。

"荒荒被抓走已经三天了。"李芒突然说道。

小织眨着她黑亮的眼睛，好像说：三天了吗？

"三天了，也没有什么动静。"

小织点点头。

"大伙把荒荒忘了。"

"大家都在忙烟田，顾不上他了。"

"他算个什么。光棍汉，不一定什么时候就死了。"

小织咬了咬嘴唇。

"所以就把他抓起来！用铐子铐住！"

"他们会打他吗？"小织担心地问。

"不打他太便宜了。他也很壮，打得皮开肉绽也没事。"

"那些人多狠啊……"小织难过地望了望窗外。

"最狠的还要算你爸爸，他抓荒荒不用自己动手。"

小织垂下了头。

"看看那个民兵连长吧！老是笑眯眯地把人往那条又深又窄的冻土沟里推……他如今还是跟在你爸爸身后。"

"爸爸跟他是不一样的……"小织说。

"怎么能一样呢？像一个大扁瓜：肖万昌是瓢，民兵连长是皮……"

小织的脸不知怎么有些红了。她说："……你真会比喻。"

"反正这样说你就明白了……我就是这个意思。"

"不过荒荒也真的犯法了……"

"是啊。把一个人硬往山涧里逼，他掉下去了，怨谁呢？是他自己一脚踩空了!"

小织不说话了。

"荒荒为化肥的事情来找咱，他说是'做代表来了'。他不知道他砍烟田，也是做代表来了!"

小织有些不解地看了李芒一眼。

"他代表了好多人的一种情绪!"

"你是说大家都仇视……他?!"

"是仇视。"

"仇视……"

"能不仇视他吗？他把人住狠里治，又叫人说不出什么。好多法儿都是使绝了的，像集体办那些工副业，篷布厂、小橡胶厂，都承包给他身边那几个人了。承包额定那么低，谁承包谁发大财！这些人就得供养他，是他让他们发财的，这些工厂简直成了肖万昌几个人的'钱柜子'了……像这样的事有多少！谁心里都明白，都有一笔账，可不敢说。荒荒是个不知深浅的人，就站出来动了镰刀，结果给逮起来了……"

小织吸了一口冷气。

"他给逮起来了，"李芒继续说着，在屋里踱着步子，"倒没有人出来说话了。他们都弯下腰，钻到烟垄里去做活了……'用小树叶遮住眼睛，然后，不发一言'！……"李芒说着激动起来，使劲地搓起了手掌。他感叹着，突然坐在了小织的身边，握起了小织的手，有些急促地叫着："小织！……"

小织仰脸倾听着。

"我……唉！我有好多好多的话、好多好多的想法要跟你说。可这都是一眨眼的工夫涌出来的一些念头，又说不清。也不光是为了说服你，你用不着拿这种眼神看着我，我是要急着告诉你一些想法……我闲下来时就想好多事情，好多好多。我在想我们的日子、我自己的日子，想我们从河边到南山、到东北，再到河边这一段弯弯扭扭的路。我想人有时候也真是奇怪：转了一圈儿又回来了！……离开河边时，我们是穷光蛋；回到河边后，我们成了全县有名的专业户，有了这点儿家当，有了个暖烘烘的小家庭。离开河边时，我刚刚从那条黑森森的冻土沟里爬出来，后脊梁上还有民兵连长用烟头触上的痕子。再回到河边后，我身上的皮脱了几层，烟疤也快长得没有了……"

李芒说着，眼睛里慢慢闪射出了冷峻的光芒。他痛苦地摇着头，慢慢松开了妻子的小手掌。

"我帮荒荒去扳苞权了，我不歇气地做了一天，比在自己的地里卖力气多了。也怪，我倒觉得荒荒的地才是自己的地，用力地做呀，汗水把全身衣服都洗透了！更怪的是，我还有一种赎罪的滋味儿……"

小织惊诧地看了丈夫一眼。

"真有这种滋味儿。……从荒荒的地里出来，我第一眼看到的就是那棵老柳树！它一动不动，我没看见一片树叶在飘动。我又想到了玉德爷爷……树的那一边儿是肖万昌的地，这一边儿是我们的责任田，老柳树的根就扎在这两块地里。老柳树的根一准很长很长了，就像又粗又长的缝衣线一样，硬是把两片地缝到一起去了，缝得好牢绷。我闭上眼睛想这树根的模样儿，我差不多看到它穿在土里的样子。很多条根，上上下下、长长短短地扎在土里；可是这些根开始变了颜色，慢慢松脱、抓不住泥土了……我是说，这些'缝衣线'快要断开了。它一准要断开。我从荒荒地里出来时，第一眼看到老柳树时就想了这些……"

"缝衣线断开了，缝在一起的布就要裂开了……"小织喃喃地说。

"世上没有不断的缝衣线，没有……"李芒看了妻子一眼，转身到桌子跟前吸烟去了。他转动着那个大烟斗，又自语似的咕哝道："'用小树叶遮住眼睛，然后，不发一言'！"……

十三

腊子贩鱼挣了一笔好钱。他驾着轻骑跑回家来，想好好松闲一番。肖万昌那张不露声色的脸上有了明显的笑容，他一连两天没有出门，和他的小腊子一块儿玩。

他很喜欢小腊子。吃饭的时候，他常引诱小腊子喝上一盅酒，并亲自为之斟酒：两个手指捏住精巧的小酒壶，在空中扬一道弧线，那细细的酒流儿跌到杯子里，正好刚刚满平！这个手艺是他几十年的功夫练出来的，就在这个四尺长、三尺宽的小方桌上，他和县长、公社书记、派出所所长、场长、厂长、银行会计、退休干部、经理、警察、矿长、捕捞员、船老大、养蜂人、工程师、说古书的、省里来的巡视员、要饭的、武装部的、码头客运班长、耍把戏的、税务员、县委组织部部长以及部长的亲家、烧砖专业户……各色各样人物喝过酒。他没有老婆了，可是他就会做一手好菜。烧鲅鱼、海参汤、焖海狗鳝、鲍鱼，这是海味儿。他还能采来田埂上、沟渠里、野地里的刺蓬菜、马齿苋、灰菜、苦苦菜、地瓜叶、榆树串、洋槐花，或放进开水里烫一烫用作料拌成凉菜；或做成饭团、饼馅、包子馅。吃的人都很高兴，都留下了深刻的印象，赞不绝口。喝的酒也很杂，红、白颜色的，黄色的，黑色的；茅台喝完，空瓶儿用来盛酱油；如果是很便宜的瓜干酒，他一定在里面泡上橘子皮、何首乌、枸杞豆、沙参等，做成药酒。药酒无价。……他真正为之牵肠挂肚的人，实在只有腊子一个。在雨天里，如果他一个人睡在炕上，听着外面淅淅沥沥的雨声，有着说不出的孤寂感。他想象着腊子在雨天的夜晚里会做些什么：此刻他大概躺在鱼铺里，身上盖着一块帆布睡着了吧？但愿不是跑在通往南山的路上，轻骑和身上都溅满了稀泥浆……他有时也会想起小织。想起她的时候，他就极力去想些别的，来赶跑她的影子。因为她的背后，总是有着另一个影子！老婆子死去之后，这座屋就显得空荡荡的了。后来这屋子又改建了，添了耳房，造了厨房和卫生间，地面上改为水磨石地板；去年，天花板又改为泡沫压塑的。他去城里张县长家串门之后，回来又在门前的水泥台基上放了一个棕垫子。一切很好，开始好起来了。腊子住在耳房里，录音机的声音被他放得很大，不断发出一种"嗡咚嗡咚"的声音。有时录音机里放出女人的尖叫声，他这时就会站在门口，吸上一支喇叭烟，用手梳理一下光滑的背头。腊子在女人的尖叫声里弓着腰走出来，斜叼着一支烟，看也不看父亲，到耳房与正房之间的夹道里去了。那里有他的金鱼缸，缸里漂着水草、水葫芦。有时民兵连长也钻到耳房里，腊子出来时，他就跟在后面，手里提着什么，两个人显得很繁忙的样子……肖万昌很惬意，他这时候总是感到充实而满足。这时候也才明白：腊子活活像他，太像他了！这才是他喜欢的主要原因呢！

几年来，肖万昌已经学会了放松自己。他无论在外面多么紧张，脚一踏上这座房子的台阶，立刻就会舒一口气。他脱去外衣，在椅子上或是沙发上坐下来，开始慢悠悠地吸烟、呷热茶了。有时他叼着烟、拿着水杯就走出屋子来，给院子里的几盆花松松土，施施肥。花肥不是什么鸡蛋壳子、豆渣渣之类，而是装在塑料袋子里的一些灰色粉末，袋子上的彩色商标十分漂亮。他做着活儿，有时轻轻地咳一声。院子里很静，没有人来找他。村里人都知道支书有个习惯，特别厌恶有人上门来找，他办事情，要求到大队部里说去……邻村的一些支部书记有时来这里拜访他。他们的穿着常常使他觉得可笑。他笑他们不下雨也穿上长筒胶靴，并且将裤脚掖进筒子里去。他知道墨黑锃亮的胶皮子对他们产生了吸引力。他笑他们戴一个黄帽子，这么不伦不类。黄帽子早时兴过了，他们都不知道。他们之中有人披着衣服，这衣服一定是新的，并且掐着腰走进门来，用两个胳膊的拐肘将衣服撑起来——他特别笑这个姿势。他们留下来吃饭，喊着说："大鱼！大肉！老肖啊，就看你舍不舍得了！"肖万昌微笑着，不置可否。他挽着衣袖，到厨房里去了。他们很快就跟进去，看他做饭。他端出一盆活着的小泥鳅，一块很大的鲜嫩豆腐。他把它们一块儿放进锅里，让一群泥鳅在锅底的水中尽情游戏——他们看傻了眼，互相瞅着、伸着舌头。肖万昌在灶里放了一把火，锅里的小泥鳅乱窜起来。水的边缘上冒白汽了，泥鳅往锅底里聚拢、散开，然后疯狂地扭动，一会儿就全扎进那块豆腐里了……豆腐炖熟了，切成片片，每个片片上都有灰点儿，那是小泥鳅的横断面儿！肖万昌烧了一个很漂亮的汤菜！他说："这叫泥鳅拱豆腐!"……他可瞧不起这些客人。他见过大世面。他到省城里开过会，跟大干部们握过手，同桌吃过饭。他什么没有见过。他们有说不出地崇拜他，有什么事情也愿意跟他谈。他说："嗯嗯，我可当不了这么多村的书记啊……"他吸着烟，轻轻地咳。他们觉得他咳的声音也很有讲究……

　　眼下，这座屋子里只有他和小腊子，他有说不出的高兴。做了几十年的村干部，养成了吃狗肉的习惯。这几年没有狗了，他也暂时把它的滋味忘却了。有一天他突然想起那个美味来，竟然是火烧火燎地急躁起来。民兵连长从邻村弄来一条叫"大花"的肥狗，他就养到了院子里。今天，他要和腊子一块儿享受这个美味了。他十分愉快。

　　宰狗是个难题。肖万昌决定亲自动手，可是小腊子偏要"过过瘾"。大花在院里待了几天，已经和肖万昌有些熟了，它开始用舌头舔新主人的手了。肖万昌常常取一块馒头抛起来，看着它跳起来用嘴巴接住。它的胖胖的前爪又白又圆，很笨的样子。肖万昌有一次试着按它几下，觉得热乎乎的、软绵绵的；它友好而愉快地抬动着，故意送到他的面前来让他按。他却在它上面磕下一截儿红色的烟火，大花尖叫着蹦开了，站在远远的地方看着他……今儿早上，腊子决心将大花乱棍打死。他看过一个武打片，很赏识上面一个黑汉的棍术。他将棍子立在身侧，先朝大花推一下手掌，然后就舞将起来。大花原认为腊子是要跟它游戏，高兴地叫着，将两腿按到地上，跃动、展扑，有时腾空而起，从腊子的耳畔蹿过，顺便咬一下腊子的胳膊。但它并不真咬，只是

162

轻轻一含，给他留下一个可笑的、杏子大小的湿印子。它得到的是愉快，一展技艺的愉快。它的勇敢和敏捷第一次让这所院落的主人知晓，两个人暗暗吃惊……可是腊子一棍子击中了它的后腿，那么狠，那么痛，它尖叫一声，跛着腿跳开了，哀叫着，迷惑地看着小腊子和那条又粗又长的棍子。它终于明白了这里面暗藏杀机！

小腊子呼叫着，它却再也不回来了。肖万昌站在一边吸烟，这时责备地看了儿子一眼。他把烟蒂踩灭，然后高高扬起右手喊道："大花！"他微笑着，和蔼、亲切，像有什么事情要恳求大花。他呼唤着："来呀！来呀！好大花！……"大花还在冤屈地叫着。它仇恨地望着腊子，有些警惕地弓着身子，慢慢向肖万昌走来……肖万昌用手抚摸着它的头颅，给它擦去眼角的一点儿眼屎，又刮了一下它那黑亮可笑的鼻子……他的右手插进衣兜里，一丝丝地掏出一条尼龙绳。大花看到了绳子，警觉地"汪——"了一声。肖万昌立刻抖索着绳子，在它眼前晃来晃去，嘴里接着也哼起来："割上了二尺红头绳啊，给我大花扎起来呀，哎嗨嗨——"他哼着，慢慢给大花捆扎起来。捆了腿，捆了脖子，捆了腰。大花舔着他的手。到后来他把大花推倒了，恶狠狠地喊了一声："小腊子，动手吧！……"

中午时分，狗肉就熟了。

肖万昌和小腊子坐在院子里的一个石桌旁，将酒斟好。父亲在喝酒之前微笑着看了一会儿儿子。儿子伸手去取他的杯子，正在这时，有人敲门。

这是最令人讨厌的事情！肖万昌恼怒地看了一眼院门。他端坐了一刻，并没有动。门板继续响。很有节奏，力度适当，不像是村里人，也不像是邻村的支书们。他拍打了一下手掌，去开门了。

进来的是李芒。

肖万昌像是高兴极了，请李芒快吃狗肉。蒜泥！葱片！酱盅！小腊子！大家全在一块儿了！中午的太阳被大梧桐遮住了！李芒说已经吃过饭了，他摇摇头，又摇摇头，坐到石桌一侧的一个大草墩子上。

李芒当然是有事情来的。可是他看着这对父子吃狗肉，竟然暗暗惊讶起来，一时也忘了说他的事情了。

肖万昌和腊子吃起来了。肖万昌将腿、臀部分让给儿子。他专吃蹄子、肋骨和脖根、脑袋。一条很细的脖骨，他横着端起来，像吹口琴一样放到嘴上，咬着、吮着，轻轻移动：骨节处一个个凸起，他像对待不同的音阶一样，不断停顿，停顿，细细地吸、磨，用牙齿揉动，又突然迅速地推开，滑到另一个骨节上：由粗到细地来一遍，再由细到粗地来一遍；有时这条软软的骨头在嘴里滑动，有时是一下一下跳跃；剩下脖根的一块红肉，却丝毫未动，由于整条脖骨的肉都快光了，它就显得特别肥硕诱人了。这时候，也是最后了，它终于被塞进嘴巴里：轻轻地旋转，旋转，拉出来就是光洁的一条净骨了！……狗的脑壳肉被他用两个手指剥光了，露出白圆的骨头。他笑眯眯地把它往石桌上方推一推，然后取过一个早就备好的方铁块儿，啪地敲开了。他把开裂的脑骨捧起来，又用三根指头捏住一转，像欣赏一个咧嘴的石榴。他先取一块里面的东西品了一下，然后迎着太阳细细地看着，两眼放出尖尖的、有些骇人的光亮。他立刻把它放到石桌上，用手去抠、去抹、去摇晃震荡，到了他认为可以吃了的时候，他就把嘴对在了上面，接着眼睛也眯了起来。这样低着头约有三四分钟，才将两手伸出来捧住那个光光的骨壳儿，慢慢地仰起、仰起，轻轻地转动他的头颅。最后狗的脑壳放到了石桌上，终于是空空的了。脑壳儿很像一个被取了仁儿的核桃，那些很曲折很细微的沟沟道道由于被取走了核儿而变得光洁起来。他盯了一眼空脑壳儿，拿起酒杯一饮而尽。

李芒看着他吃东西，真是惊讶。他第一次见肖万昌吃一个动物。

肖万昌揸着手，把身子转向李芒。李芒也记起了他要来做些什么，这时就说："我是来和你商量个事情的。"

"嗯嗯。"肖万昌又用心卷他的烟了。

"烟田太忙了，我和小织做不完。小织也不应该做那么多了。腊子和你要到烟田里做活。"

"我的公事太多，这个你知道。腊子过去在电厂里上班，他恋着贩鱼才回来的，你只当作他还在电厂就是了。"

"你的公事多，不过你也别忘了，你还和另一户人家联合承包了一块烟田呢！"

肖万昌点点头："我和我闺女家承包的。"

李芒把腿叉开，一下下磕着烟灰说："你闺女单立门户了。她现在过得也很富裕，用不着给谁去做长工。他们松闲了，只要高兴，大白天还可以躺在沙发上看电视。这个你还不明白吗？"

肖万昌看了腊子一眼，像自语般地回答说："明白了。"

十四

荒荒离开了他的土地，他的土地并没有荒芜。冒权被及时扳

165

掉，肥水也上得很足。这片烟苗由瘦小泛黄变为肥胖油绿了。每天的一大早，都有一个人在田里弯腰忙着，露水把他的周身都打湿了。人们都站在田埂上向这方张望，满脸的迷惑……没有人明白这是为什么：荒荒砍了这个人的烟稞，这个人反过来倒要替荒荒做活！

肖万昌扛着锄头来到大柳树下，四下里张望着。当他看到李芒在荒荒的田里做活时，嘴里发出了"咦"的一声。他放下锄头，就到荒荒的地里去了。

这是个很清明的早晨。太阳就要出来了，东方一片橘红。河边上度过了一个水汽充盈的夜晚，所有的烟稞上都挂满了晶莹的露珠。露珠上映着朝霞的颜色，有的甩进土里，有的甩到种烟人的身上。李芒的眼睫毛上、眉毛上，都落着露珠。他那么专心地看着烟稞，每个烟叶根部冒出的小杈子，都逃不过他的眼睛。肖万昌就站在烟垄的另一边，李芒却没有留意。肖万昌在一声不吭地端详着他。

李芒的前额上有几道深深的皱纹，两颊却还像十八九岁的小伙子那样放着光泽。他的眼角上，如果仔细些看，也会看出几条皱褶。也许有什么可怕的智谋藏在那双深陷的眼底！这双眼睛总是闪着沉着的、机警的光芒。那几条皱纹表明了他的成熟、老练。他的手，指头长而有力，巴掌是阔大的、结实的；每一个关节都那么灵活、有力量。这双手向烟杈子伸去时，又稳又轻，指顶儿颤也不颤，似乎是慢条斯理地伸了过去，只轻轻地一抹，那肥胖的杈子就折到泥土上去了。他的脚轻易不动一下，除了非迈出不可，它总是坚实地踏在地上。地上留下的脚印又深又大，有一个青蛙跃进去，蹦了两下才跃出来。整个的他都显出一种自信、忍耐、不轻易冲动的和非常执拗的个性。他的沉默使人感觉到他的矜持和傲慢，他的男子汉的庄重和深厚。一个人站在五六米以内来注视他，像被什么看不见的射线击中一般，肉体的某一部分会微微震颤，引起一种无可名状的威慑感……

　　肖万昌看着他，几乎是在这一瞬间修正完成了原有的设想。他一直在这个归来的大汉（他内心里很少想到这是自己的女婿）身上试探着、寻找着什么东西。他觉得这个大汉归来之后，变得陌生了。很清楚，他不那么容易被制服了（实际上他从来也未被真正地制服过）。但肖万昌决不退却，就像老虎生来就是食肉动物一样，他生来就是要制服别人的。他在寻找时机，寻找角度。也许是他自己太犹豫了、太软弱了，他倒越来越感觉到了对方凌厉的攻势、咄咄逼人的锋芒。他仍在犹豫，仍在彷徨，他曾经彻夜不眠。他表面上却不动声色。他像一头巨兽雄踞在一座山岭上一样，在这片土地上从容而得意地生息了几十年。他微笑着，梳理着一丝不乱的背头，心中却在盘算，是否迎击过去，迅速地咬住对方的咽喉，撕扭到一起？他仍在犹豫，仍在彷徨。他似乎感到那种硬性撕扭有多么危险……这会儿他端详着李芒，一个信念更加坚定了。

　　他喊了李芒一声。

　　李芒抬起头来，看了一眼肖万昌，然后舒展了一下身子。他取出大烟斗，见对方亮出一块卷烟纸，就顺手捏过去一撮烟末。

　　两个人吸着烟。

　　肖万昌头也不抬地说："芒子！我老在找个机会，跟你好好说些事情……"

　　引起李芒注意的，只有"芒子"两个字。他仰头看了看肖万昌，发觉"岳父大人"的眼睛那么慈祥。他不言语，长长地吸一口烟。

"我有很多话跟你、跟织子说。说什么呢？直截了当讲吧，说说我们这一大家子人……你可能打断我的话，说这是两家子。不错，两家子，户口本子上这么写着。可是，我在心里始终是看成一家子的……"

肖万昌眯了眯眼，顿住了话头。他睁大眼睛重新盯着李芒，提高了声音说："这里我要解释一下'始终'两个字——从什么时候'始终'了呢？从你和织子结婚那天起吗？不！那样说是骗人喽。那时候我恨你，恨到骨头。我'左'得厉害，那个时代就是这样！我能不恨你吗？……可是从你和织子打东北回来，特别是联合承包烟田以后，我确实是把你们当成家里人了……"

李芒大约觉得烟的味道很好，微微含笑，轻轻地咂着。

"想想吧，本是一家子人，其中你两个却逃到东北去了！我当然后悔不迭。我的岁数也这么大了，我的老伴早过世了，我盼个安定日子、团圆家庭。老父亲也刚刚过世了。老人家心里也这么想的，所以他才做着主，把我们两家子的地合到一块儿种。如果我有什么薄情的地方，我也对不住老人！我也常常盘算烟田的事情，是盘算卖个好价钱，想法子让它水足肥足。我从来不算计你吃亏我吃亏！我倒是常想：芒子不容易啊！芒子照管这么大一片烟田！有时你的话伤了我（比如你说什么'不做长工'、要开会通知看……），我就想：芒子年轻哩！火气旺哩！芒子做活累得心焦！……我想得心里发热。就是这样！这样！唵！……"

肖万昌被烟呛住了，大咳起来。他用手捶打胸部，使劲地弓着腰。

李芒收起了烟斗。他蹲在离肖万昌很近的地方，把手捏在下巴上，说："你到底是个大度的人。"

肖万昌叹息着摇摇头："唉，上了年纪的人了。"

"我没上年纪。我这个人记仇。"

肖万昌脸上的肌肉动了一下。

"我老记着过去的事情。"

"我说过嘛，那个时代！"

李芒摇摇头。他拧起了眉毛，用尖利的眼睛盯住肖万昌。他突然问："傻女到底是怎么傻的？还有蓖麻林里的事，你当时真的一点儿也不知道吗？"

肖万昌一愣，大声接应："我怎么知道！你问到哪里去了？"

李芒用更大的声音说道："你是支书！你管辖的这个村里出了家破人亡的事情，你有责任！"

肖万昌磨动着牙齿，痛苦地摇着头。

李芒又说："傻女不能白疯，老寡妇死了也合不上眼！这个事没有完结，全村人都会记着傻女……傻女还会找到！"

肖万昌一声不吭。

李芒大口呼吸着，又问："我再问你，废氨水库墙壁上那些血印子是怎么来的？里面关过多少人？你一个农村支书有什么权关这些人？"

肖万昌抖着手掌，仍在摇头。

李芒站了起来，用手指着脚下的泥土说："我还要问你，荒荒和民兵连长哪个该抓？今天你总该清楚民兵连长了，为什么还要大家白白养着他？还有集体办的那些工副业，承包额为什么那么低？……我早就要寻机会问问你，看看你怎么回答。如果有时间我还会问得更多。”

肖万昌苦笑着，痛苦不堪的样子。

李芒重新蹲下吸他的大烟斗了。他盯着脚下的泥土，自语般地咕哝道："我是个记仇的人。我不光记着那个'时代'，我还记着一些人……"

肖万昌茫然地站起身来，重新咳嗽起来。他四下里张望着，突然惊呼道："咦！荒荒……放回来了！"

十五

李芒惊异地站起来。他看到荒荒了！

荒荒顺着一条田埂，跌跌撞撞地走过来。他几乎没有抬头，只顾低头走着。直到走近自己的地边上，他才抬起头来，他一眼就看到了肖万昌和李芒，立刻停住了脚步。这样呆立了足有两三分钟，这才缓缓地走到田里来。

"荒荒！"李芒呼喊着他。

他像是没有听见一样，老远就冲着肖万昌笑起来："嘿嘿，嘿嘿嘿……"他笑着，站到了两个人之间，把手插到了蓬乱的头发里。他有些结巴地叫着："肖、肖书记！李芒、芒兄弟！嘿嘿嘿……"

"放回来了？"肖万昌问。

荒荒点点头："宽大回来了……"

"年纪轻轻，要务正。今后可要吸取教训，老实守法……唵？"

"那可是对……荒荒不敢了！"荒荒说。

李芒端详着他，一直没有吱声。这时问了句："他们打你了吧？"

"打？打我？……"荒荒看一眼肖万昌，又看一眼李芒，反复看着，很像摇头。

"打人了吗？"肖万昌声音粗粗地问道。

荒荒连连摆手："没有没有！没打没打！主要是'触及灵魂'——这里！"他说着，用手一捅脑壳。

肖万昌满意地看着荒荒，说一声"嗯"，深深地瞥了一眼旁边的李芒，走出了荒荒的烟田……

李芒久久地盯着肖万昌的背影。他发觉这个往日总是挺得很直的后背，今天仿佛是驼下去一些，有什么沉重的东西压在了上面……他把目光转向荒荒。他心中正暗暗惊讶：这个荒荒变得那么规矩！这个荒荒一下子失去了挥镰大汉的雄姿！他点了点头，没有说什么。他绝不相信那个胖子会轻松地让这个人出来。

荒荒说："芒兄弟，你不知道，咱可见了些世面。"

"什么世面？"

"海边所里的人都有小盒子枪……我也要来玩了玩，一扳机子，'啪、啪、啪！'……"

这真是谎话。李芒老想笑。

"还有'电棍'。朝你一指，你就倒！朝什么一指，什么都倒！……"

"朝大烟囱一指，它也倒吗？"李芒插了一句。

"也会倒。"荒荒坚定不移地说道。

李芒苦笑着，低下了头，停了一瞬，他突然抬起头说："荒荒！做人得讲点儿骨气，得给咱庄里人长脸。你哩？我听人讲，那些人揍你，你给人家磕了头！……"

荒荒的大眼虎生生地瞪圆了，大叫着："胡扯！他们揍我，我给了他们一脚！那么多人揪我的头发，打耳光子，我没吭一声！哼！……"

李芒想：到底说实话了。他轻轻捋了一下荒荒的裤管，看到一条条血印子从大腿处爬下来……他的手颤抖了。荒荒想挣脱他，但后来索性蹲下来。他对李芒小声说："这都是外伤。内伤你看得见？我全身的骨头都疼……你可不要告诉肖书记！民兵连长好几次去所里，说是想我了，去看看我，一凑近了就用烟头触我的皮肉！……嗬咦，你千万莫跟别人说：他们告诉我，外人知道了打人的事，就再抓我进去！千万莫说啊！你知道了，那可是你自己用手扒拉裤子看见的……"

李芒沉默了。他装了又满又实的一锅烟末，慢慢地吸着。

这时候荒荒突然发现了地上扳掉的烟冒杈，立刻用警惕的眼睛盯着李芒。

"你，你在我烟田里做活吗？这可是我的烟田！"

李芒点点头。

"可我还回来啊！我回来了！"

荒荒大声喊着，跺着脚。李芒一愣，接着说："还能让烟田荒了吗？我是闲着没事来替你做做。你回来，就接着做吧……"

荒荒的身子摇晃了一下，呆呆地站在了那儿……

李芒又要说什么，突然发现有一个老头儿背着一大卷东西站在田埂上向这边张望。老人也许刚刚看清了李芒，就走了过来。李芒赶忙站了起来。

老人走近了，李芒看出是老獾头。

"有什么事吗，老伯?"李芒上前扶了老人一下。

老獾头一动不动地直眼看着李芒，使劲地抿着满是深皱的嘴角……这样看了一会儿，老人长叹一声说:"唉! 老天不长眼哪! 肖支书不开恩，我那个小子最后还是出夫去了。才干了几天，就不小心砍伤了脚。走时我嘱咐他:不要挂家不要挂家。他不听，干着活也走神……唉，我去看看他，送些干粮。芒子啊，得到这信的时候，也正好挨到我浇地了。我跟管机器的讲好了，我回来就交柴油。我求你跟肖书记讲讲，批个柴油条子给我……"

李芒点着头:"你放心吧老伯! 我替你交柴油!"

"好孩子啊! 心软的孩子……"老獾头擦着鼻子，又转向一旁的荒荒说,"芒子肯帮忙了! 唉，庄稼人哪里弄柴油去……我得去跟我儿子说:你做活要专心，家里有芒子帮忙哩!"

老獾头擦着鼻子，再三感谢，往大路上走去了。

荒荒一直在原地呆站着。

李芒指指他扳着的杈子说:"荒荒，你回来了，你就接着做吧! 我要回自己的烟田去了，你有事情，就喊我好了。"

"芒兄弟……"

"有事吗?"

"芒兄弟……"

李芒不解地望着他。

荒荒上前半步，嗫嚅说:"你这个人……不是'驸马'!"

李芒心中立刻涌起一股滚烫的热流，但他没有作声。他只是低着头，默默地走出了荒荒的土地。

小织在老柳树下歇息着等他。

老柳树下，落了那么多的干枯枝条。它已经毫无生气，一树叶片，都开始枯黄了。枝丫一条条皱着皮肤，没有绿气了，没有活动的力量了，只是垂着。风从树上吹过，老柳树并不搭理，像一个老人甘于寂寞地蹲在屋角上，打发着并不多了的时光。有一个小麻雀落在树丫上，开始吵叫着、蹦跳着，后来便悄悄飞开了，连头也不回。螳螂从高高的树桩上爬下来，有些灰溜溜的样子，它在干硬的泥土上徘徊了一会儿，便昂首阔步地向绿野里奔去了……

"李芒，我老远就听到了你和爸爸大声说什么。我听不清，又怕你两个打起来……"小织有些焦急地对走来的李芒说。

"打不起来。"李芒用手收拢一些干树条子坐了，轻松地说，"他哪是对手。他自己清清楚楚，他才不愿打架呢。十几年前就不是这样了，那时候他的筋骨还硬，你得远远躲着……"

小织难过地垂下头来说："李芒，我知道他不是很好的人。可我想他这么大年纪了，你说话的口气还是让我难过。我真有点儿不知怎么才好了……就该这样下去吗？我真不知道……"

"你去看看荒荒腿上的伤就知道了！你去听听老獾头哀求什么吧！听听看看你就知道了。他这么大年纪了，可是牙上还有尖尖，还会撕咬人！你看看荒荒的腿！……有时我就想，他怎么会这个样儿？他从什么时候变成了这个样儿？想来想去也想不通。再想一想，也就更复杂了，什么我都说不清了！……"

李芒沉思着，发出一阵阵的叹息。

小织抬头远望着，看着荒荒弓着腰在他田里做活了。她看到的是一个蓬头垢面的荒荒、一个一瘸一拐的身影。她"啧啧"了两声，也叹起气来。

李芒说："马上和肖万昌分开，这已经是不能犹豫的事情了。前天我看到他和小腊子吃狗肉，心里就是这样想的。咱们一丝一毫也不能有什么别的指望，人哪能靠忍耐过日子，我看他吃狗肉时就是这么想的。"

"他吃狗肉又怎么了？"小织有些不解地问。

"我也说不出怎样。反正我当时看着，就这样想了。我觉得这是一个又馋又贪、有大心计的人。跟他相处不能分一点儿心，不能不警觉，更不能软骨头，你要是往后退，他会一丝一丝往上顶，像滑过来一样，没声没响地就逼到你跟前来了，又快又猛地突然就伸出手来，直冲着你的喉咙！那时候你再想办法挣脱吧，你会觉得给什么缠住了身子，滚动也不行，呼叫也不行，求饶也不行，什么都晚了……他的经验也真多，还都是结结实实的，所以他没有失败过。我暗地里做过一个总结。我跟他交手刚开始的时候，就是十几年前那会儿，我好比被困在一个有野物的大山里了。我又要对付他，又要对付狼虫虎豹，他们全是一伙儿。后来他把一条条长腿爪儿（就像海蜇生的那东西！）伸出来缚住了我的身子，我就拼命挣脱，到底没等被消化完就逃开了……后来我们从东北回来了，不知不觉他的长腿爪儿又缚到我们身上了。可是今天我们是在平地上了，没有那么多狼虫虎豹了；这也容易松劲儿，失了警惕性儿。你知道那长腿爪儿里会分泌出一种液汁来，无声无响地把你给麻醉了，你就再也逃不掉！你就得活活被消化了！……现在，这长腿爪儿还搭在我们身上，已经开始分泌液汁了。我的总结就是这样。我们怎样逃到南山？怎样逃到东北？怎样跟他联合的？我从头至尾地想了一遍。我想这不该忘记，这应该来一个总结。从老寡妇，再到袁光、到荒荒、到老獾头、到你我……这要好好去想，反反复复地想，想得再苦也要去想，去总结。要咬紧牙关，挺着，站稳，保住那么一股劲儿，一步也不往后退！……"

李芒说得很慢，很沉着。但他的声音却是极有力量。小织不眨眼地看着她的李芒，脸色一会儿红，一会儿又苍白起来。她的嘴角有些颤抖了，一双小手掌激动地在身上抹着。她抬头望着远方，她的眼睛迷蒙了……

十六

石头的美丽，并没有多少人像他和她感觉那么深刻。

白石头、绿石头、红石头、花石头……五色斑斓，绚丽迷人。真不知道这一架架的大山上，还生出了这么新奇的东西！李芒和小织把它们背回了村子里，放在了他们那个无比温暖的、闹鬼的屋子里。他们堆积着希望，堆积得实在太多，就和村里人一起，将它们碾成了各种各样的小块块。

村里人看着这些彩色的小石块儿就笑。他们不信会有谁买这种东西，虽然它们着实好看。但他们喜欢这两个年轻的副业师傅，也信服他们。

李芒把各种石子装在小布袋里，作为样品，带上去县城碰运气了。临离开山村的时候，小织和山民们在村口上给他送别，看着他慢慢走远了，消失在山坳里。……李芒心里兴奋得很，也不安得很。他真高兴啊，这种石头或许会改变山里人的命运、改变他和小织的命运呢！他最担心的是根本就没有人要这种石头，白白欢喜一场——那样，他只好和小织重新去流浪了；他还担心小织一个人会害怕，那毕竟是个闹鬼的屋子啊！……

到了城里，他宿在马车店里。天亮后，他跑了几个建筑工地，都见到了这种石头，有的散放着，有的装在包里。李芒可高兴了！他想有人要这种石头是确定无疑的了，剩下的问题就是赶紧找到买主……他问了那么多人，最后有人笑吟吟地买了他一小袋，说是拿回去商量一下，让他等候消息。他在马车店里忐忑不安地睡了一夜，第二天赶紧去听消息：结果是对方提出买几百吨！价钱怎么样？他不知道。他去问了一下工地上的人，才知道价钱也不错。他问那人是什么单位，人家告诉他是"龙口玻璃厂"，买这种石头用来造高级酒杯！……李芒兴冲冲地往回返了。

　　从此，山民们从田里回来，就忙着碾石头了。李芒还是到各处去推销。碾的白石头、绿石头、红石头，堆成了一个个彩色的小山。早晨，露水把这些小山染洗得多么鲜亮！啊，多漂亮啊，多迷人啊，李芒用白粉子在石碾屋的外墙上写了：石粉厂。

　　山民们终于有了点儿钱。村子里也终于有人站出来批判这是"资本主义"。但钱是好东西，刚刚有一点儿，大家还没有喜欢够，就不睬是什么主义，继续让石碾子撒欢……大家也感激两个师傅，给他们白馍馍吃，给他们送去辣椒、松蘑菇、鲜黄花菜等。他们实在不敢收下这些东西！他们感激山民们还来不及呢——山民们给了他们这样温暖的一个小窝儿。

　　他们幸福极了。结合的幸福，创造的幸福，助人的幸福，全汇聚在一起了。他们几乎被这种巨大的幸福给压倒了，啊啊，幸福一下子来得也太多了。……小织对李芒说："李芒，啊，李芒！我们一辈子就住在这个闹鬼的屋子里吧！我们还要什么？什么都有了，啊！李芒！你说话啊李芒！……"李芒点点头，但目光只望着一个方向出神，小织推了推他，他才转过脸来……他嘴唇颤抖着："小织！我在想我这个人太坏、太卑劣，我多么爱你，像你爱我一样！可我有时候倒生出这样的念头：和你结婚是对肖万昌的报复！这念头多么可恶……"小织怔怔地望着李芒，接着眼里流下了两行泪水。她哭着，没有一点儿声息，停了一会儿，又谅解地握住了李芒的手……李芒沉默着，又接上喃喃地说："我真想玉德爷爷啊，想他们，也想芦青河……"说到玉德爷爷，两个人再不作声了。

这个夜晚，屋子里第一次闹起鬼来：锁着的那个房门响起来，锁扣儿咔嚓嚓地响！两个人不由得想起了多少年前吊死在里面的那个人，害怕了，头发也像要竖起来。他们不由得偎在了一起，紧紧靠着炕角的墙壁……时钟嘀嗒嘀嗒走着，门扣儿咔嚓嚓响。正是夜半，风刮着窗纸，破了的窗洞上，泻进黄色的、冰凉的月光。他们偎着，偎着，出了一身汗水。就这样待了一会儿，李芒突然跳下炕去，不顾小织的阻拦，用一根铁棍撬开了那个房门！他们用灯照亮了这间屋子，满是乱草，废弃不用的农具等。李芒用铁棍打着，用力挥舞，像个武士一般，大声呼喊着。终于有几个野物（山猫等）跳腾起来，从窗洞上蹿了出去。这就是闹了多少年的那个鬼了！两个人舒了一口气，相视而笑了……

有一天李芒从县城回来，脸色就沉下来，一直不愿说话。小织叫着，摇晃着他的肩膀，他也不回答……他就这样坐在那儿，夜深了也不想睡觉。小织说："李芒！有什么事情你瞒了我！你听到什么了吗？你遇到熟人了吗？"李芒低着头，沉吟道："我好像遇见了傻女……"

"真的?!"小织欢叫起来。

"在一个小河汊上，她披头散发，用手捞青苔……我喊了她一声，她肩膀一抖，爬起来就跑。我看那身影很像。我追呀追呀，她绕着山根跑，一会儿就没了影儿。我在心里祷告：傻女活着，傻女还会回来……"

小织用手捧住了脸，抽泣起来。

"你还想着袁光吗?"

"袁光又怎么了?"小织几乎要跳起来了。

"他自杀了……跳了芦青河……"

小织摇着李芒的手："袁光?! ……"

李芒点点头。

小织"啊"了一声，一下子跌坐在了炕上……李芒讲述着，声音十分低缓，而且常常要莫名其妙地中断下来。……袁光读初中的时候，就是全班的"老头儿"。他快要三十岁了，可还没有媳妇。没有谁会嫁给一个"反革命"的儿子。袁光负责给全村的厕所淘粪，但他放下粪勺的时候，总是用香皂把身上洗干净，换上唯一的一件没有补丁的衣服。有一次，一个媒人从袁光家里出来，正碰上一个村干部，他对媒人说："贫农的孩子还没全娶上媳妇哩，你穷忙活什么! ……"后来就没有一个媒人到袁光家了，袁光见了本村姑娘投来的新奇的、怜悯的目光，就有些畏缩地转过脸去。后来他就总是穿着那件又臭又破、沾了不少粪汁的衣服了，拖拖拉拉地在街上走着。他的姐姐每逢这时候就喊他回家，他回家后，她就关严了院门，伏在炕沿上尽情地哭一场……

姐姐三十多岁了还没有出嫁。她细高身材，洁白的皮肤，一双美丽的、抑郁的眼睛，很清高的样子。她虽然比袁光大不了几岁，可她觉得对袁光负有母亲般的责任……村支书的一个侄子刚刚十八九岁，竟然趁在场院看电影的机会，对她小声咕哝了一句令人惊愕的下流话。第二天就有人替支书侄子提媒来了，说："跟了吧！跟了吧！他又不嫌你大，不嫌你这样那样……他叔又是支书……"媒人走了，她冷静地理了一下鬓角的头发，一动不动地盯着窗外的一片浮云。

几天之后，姐姐突然对袁光说："我要去找南村的'三叉'了！"

"三叉"是一个四十多岁的男人，腰有毛病，小时候玩雷管只剩下了三根手指，就落下了"三叉"这个外号。他娶不上媳妇，他父母几年前就说要为儿子"换亲"：谁家有闺女给"三叉"，就把"三叉"的妹妹给那家做媳妇。一年前他们曾来袁光家提过换亲的事，被袁光斥退了……这会儿袁光盯着姐姐的眼睛，知道她是下了决心了。他知道怎么也拗不过姐姐，不过他还是发誓：宁可死去，也不让姐姐跟"三叉"！

姐姐没说什么。她把家里的瓷碗一个一个擦得锃亮，又洗过了所有的衣服被子，把碎布片和破棉絮小心地捆好……一切做过之后，她就失踪了。袁光跟治保会请了假，然后就四处寻找，找到"三叉"的家里，"三叉"两手按着腰出来说："没有没有，不信你来家里看！"果然里边没有姐姐，但袁光却看到了一个长着一对杏眼的姑娘，正赤着脚站在灶间里捣蒜，见到袁光时走了神，一撮蒜泥从石臼里溅出来……

五天之后，姐姐突然出现在家里，她像所有出了嫁的姑娘一样，拐肘上挂了个红包袱。她说："我早是'三叉'的人了。那天是'三叉'把我藏起来了，我让他这么做的……"袁光磨动着牙齿，没有说话，这样停了有五六分钟，他突然向着姐姐跪倒了。姐姐说："准备你的终身大事吧！原先跟'三叉'家讲好的，什么时候喊，她什么时候来……"

袁光要积点儿钱结婚了。家里有一头母猪，可当时母猪不准随便宰杀或买卖。焦急之下，袁光就在一个夜晚，偷偷地把它杀掉了。可他没法儿让猪一声不叫，它的一声尖叫惊动了民兵，接着他就被喊到大队部去了。身背一串子弹袋子、手里握一把上了油的刺刀的支书侄子围着他转着，不时鼻子里发出一声"哼！"……支书来了，粗着嗓子说："这不是阶级敌人破坏'大养其猪'又是什么！"几个人合计了一下，当即决定：批斗！批斗之后让他披上亲手剥下的那张母猪皮，到"三叉"那个村游街去，要自己敲锣！支书宣布完了决定又瞥侄子一眼，盯在袁光脸上说："不识抬举的东西！"

袁光不同意到"三叉"村里游街——他怕那个捣蒜的姑娘看见，更怕姐姐见了心碎啊！他苦苦地哀求，最后都跪了下来："让我到别处游吧，游一年也行，只是不到那个村……"支书冷笑着："单让你去那个村游！"……袁光再不作声。他闭了一会儿眼睛，然后站起来，站得笔直，一字一字说："好吧，我，去游！"

他去游了，游了整整一天，喊哑了嗓子……回来时，他没有再进自己的家门，而是迎着血红的晚霞走向田野，走向了他的芦青河！……

李芒讲完了，抬起头看着小织。他发现小织的泪水已经不流了。他愤恨地望向窗外，紧紧地咬着嘴唇。"又一个人，给推到了那条冻土沟里！"李芒自语道。

"袁光，我总以为回家的时候还要一起玩、一起唱歌……我们那天晚上送他时你还记得吗？……"小织像对着窗外的什么人说话一样，并没有回头……

这个夜晚，起了大风。风声吹得人心里发瘆，他们怎么也无法睡去……风慢慢怒吼起来。

风怒吼着。李芒轻手轻脚地穿好衣服。他把一个什么东西掖进了腰里，就小心地出了屋门……遍地月光，风妄图把地上的月光掠起来。他四下里张望着，出了街巷，一个人往北走去。风真大啊，简直就不像秋风，寒冷直扎到他的心里去。他咬着牙关往前走去，尽量不让身子打战。他听到了什么波涛声，低头一看，脚下就是芦青河堤。他来到家乡的小平原了，他顺着河堤奔跑起来，当见到小木桥的时候，就小心翼翼地踩了上去……

他摸到了自己的村边上。他的第一个想法就是看看傻女回来了没有——他想她也会像他这样，趁一个夜晚跑回家来吧！他寻找着，终于又看到熟悉的街巷，找到了那个老屋。大概是看过了大山吧，这个房门看起来这么矮小！他低着头进了屋子，四下里看着：炕上只有一半破草席子，空空的，什么也没有。他有些失望地要走出门去，突然发现门后边藏着一个人，正用力地侧着身子站在那儿，这时候狞笑起来，缓缓地转过身来：民兵连长！"嘻嘻，我就是在等你……好哇！"说着，他从身后亮出一支枪来。李芒全身的怒火都燃烧起来，奋力一脚踢掉了他的枪，顺手又给了他脸上狠狠的一拳！民兵连长被击倒在地上，恐怖地看着李芒；突然，他又笑了。李芒正有些迷惑，民兵连长就地滚了一下，往巷口上跑去……李芒追赶着，拼力追上去。就要赶上了的时候，巷口上蹿出一个人来，挡住了李芒！这个人又粗又高，轻轻地咳嗽着。李芒揉了揉眼睛，认出是肖万昌！肖万昌嗓音压得很低说："回来了吗？"

"回来了。"

"嗯。"肖万昌背着手，慢慢凑近了。

李芒逼视着他问："傻女哪去了？袁光怎么死的？"

"傻女不知哪去了，袁光？我不认识这个人。"

"哼！肖万昌，我今天就是跟你讨还这两个人的！你必须打开那个废氨水库给我看看！……"

肖万昌"哼哼"地笑着，转到了李芒的背后。突然他将手指摸到了李芒的咽喉上，用力一勒！一阵火辣辣的疼痛，一阵窒息！李芒挣脱着，然后反手扭住他肥胖的身子。两个身子缠到一起，在地上滚动着。李芒感到肖万昌的手指老要抠进他的肋骨里，这手指像钢钩一般有力。他的坚韧的皮肤终于被抠破，这手指又抠向肋骨间的肌肉。李芒几次要昏迷过去，但他硬挺着，硬挺着。好不容易才翻到肖万昌的身子上边，可那两根手指还扎在他的肌肉里，鲜血流进地上的沙土里，沙土变为稀泥巴，他忍着疼举起拳头，狠狠击在肖万昌的太阳穴上！拳头立刻疼得像要裂开，原来肖万昌在太阳穴和脑门上包了一层铜皮！肖万昌冷笑起来，用膝去顶他的肚子。这提醒了李芒！他立刻左右开弓挥起老拳，照着对方的肚子、肋骨、两腿，频频击去，肖万昌滚动、躲闪，不愧有些招数。但最后还是大口喘息了。他滚到墙根，两手插进了衣服里。李芒警觉地站住了，他清楚地看到了肖万昌的两眼突然间放出了两道杀气！正在他犹豫的时候，肖万昌已经亮出了刀子，并且马上就往前逼近了。李芒又看见了那条又深又窄的冻土沟了，不过他并没有颤抖，而是敏捷地跳了过去。肖万昌的刀子在他脖子的咽喉处缠绕，已经擦破了皮。李芒猛然间记起了什么，从自己的腰里抽出了远行防身的一截铁棍：铁棍横着飞舞,打飞了刀子,打在了肖万昌的头上!他连连呐喊,锐不可当,愤怒四溅,想着袁光的眼睛,盯着肖万昌这双阴险的眼睛,最后狠狠地一棍!肖万昌倒下了,脑袋碎了,眼睛翻着死去了!……李芒扔了铁棍,惊呼着:"小织,我杀死了肖万昌!我杀死了你爸爸!……"

"小织,我杀人了啊……"

"小织!你在哪里啊……"

"小织!小织!小织……"

他呼喊着,终于有人回应了:"李芒!我在这里!你怎么了?你怎么了?你做梦了吗?"是他的小织的声音。他同时也突然明白过来,他是做了一个噩梦。他有些丧气地坐了起来,两手抱住了膝盖。过了好长时间,他才喃喃地说:"小织,我梦见杀死了你爸爸!"

…………

噩梦是不祥的。一天下午,小织在街口上发现了一个收酒瓶子的人很面熟。那个人穿了一件雨衣,脸被帽子遮去大半,老要远远地注视小织。小织终于认出那个人是民兵连长身边的一个民兵!她的胸口嗵嗵地跳起来,立即跑去找李芒了……李芒明白这里是再也住不下去了,必须马上逃开!他对小织说:"走!今晚就走!"

李芒去找了他的朋友,又跟村里人交代了石粉厂的事情,暗示了他可能要出趟远门。他跟小织一边收拾东西一边盘算到哪里去。后来他想到好多人都到东北当"盲流"去了,于是一咬牙关,决定就到东北去!……小织收拾着东西,泪水怎么也忍不住。她想,她今生也不会忘掉山民们,忘不掉这个给了他们希望的小山村，更忘不掉这个闹鬼的屋子！……

再见了！南山！再见了！闹鬼的小屋！

他们离家、离芦青河越来越远了！

十七

东北是一片辽阔的、宽容的土地。李芒和小织在这里遇到那么多从家乡逃出来的汉子，他们之中，有的做了挖煤的，有的钻进森林里伐木，有的跟当地人一起种参。"盲流"之多，说明了苦难之多。人们从不同的方向汇聚到这块陌生的大地上寻找生存的希望来了。这里也并非就没有苦难，只是旷阔的疆域很快就将它溶解、稀释了罢了。人们在这生疏的、粗犷的、无比辽远又无比野性的山岭和丛林、荒地间，奋力开拓着新的生活。这里也有最著名的城市，像哈尔滨、长春、齐齐哈尔、吉林等，但大半不是"盲流"们流连的地方。他们的好运气不在这里。他们从龙口、烟台等水路而来，或沿铁路走一个弧线，然后直插北疆。旅顺白玉山上的高塔，市内的中苏友好纪念铜塔；哈尔滨的松花江，美丽的太阳岛；长春宽阔的斯大林大街……他们往往来不及瞥一眼，就匆匆上路了。他们和一部分当地人一起去翻黑土地，撬岩石块，甚至将腿上缠裹了皮条子去挖参娃。能使用的工具都使用过了，或长或短，或轻或重，用它来敲击那扇幸福之门……

李芒和小织倒是吃尽了苦头。李芒在鹤岗煤矿挖过煤，一次冒顶把他赶出了这个行当。后来他又试着刷线布，种植向日葵、亚麻和甜菜，试着采松子，猎貂獭。他先后到过五大连池，到过张广才岭和老爷岭……一场大病差点儿使他没有走出老爷岭。小织哀求他说："李芒！我们往南走吧……"她只知道他们的家乡在南边。李芒听从了她的劝告，到了吉林，到了通化，到了长白山。最后，李芒在一个叫"露水河林场"的附近，跟一位关东老大爷学种黄烟了。

关东老大爷叫"莫合"，李芒永远也无法搞明白这名字的含义，问他为什么叫"莫合"，他吸着一个大黑烟斗说："就是'莫合'嘛！"……莫合老爷爷种了一辈子烟，有无数的绝技。他用小刀子，可以割出比别人多两片的顶叶烟；他的烟田，绝少出现黄叶病和烂秸病；无论什么时候看他的烟棵，都是齐齐的一般高。特别令人羡慕的，是他能在烟田种出各种味道的烟叶：酒味儿、糖味儿、果子味儿的……

李芒和小织像服侍亲爷爷一样服侍他，他也把身上的本事全拿出来……夜晚，李芒就和小织读书。他们找来各种各样的书来读，有时一直读到拂晓。这种生活充实而安定，他们又感到幸福从闹鬼的屋子跑到这边的大山里了。有时小织对李芒说："我们还缺什么？什么也不缺了……李芒，你不觉得幸福吗？……"

李芒找来一沓纸，没事的时候就写起来。他对小织说："我在南山的时候跟你说什么了？我说我要写一本书！现在，我就试着写那书了。我要写傻女，写袁光……"

小织说："袁光不在了。傻女也不知道怎么样了……"

"她会活着。我想总有一天她会回到芦青河边上……从那一回遇到捞青苔的姑娘以后，我老要做傻女回来的梦。我出门的时候从来没有忘记打听傻女。我还记得老寡妇在大翻工地上用手摸我脸的情景，我一想起来就忍不住要流泪。老人的话没人信了，大伙儿都说她是疯了。她大概是把傻女的事情托付给我了。我一定要找到傻女！我一定要弄清蓖麻林里发生了什么事！就是傻女不在了，我也不会泄气。千年的枯树还会发芽呢，是谁逼疯了两个人？说不定突然就有什么兆头生出来，让人一清二白了呢！……"

李芒说这些的时候，小织定神地望着他。她在心里说：啊啊！这就是男人哪！这就是丈夫哇！我的男人，我的丈夫！……

李芒跟莫合爷爷学种烟，也学会了吸烟。老爷爷吸烟的技术才叫高呢，他能将烟品出几十种味儿来，底叶、中叶、顶叶儿，他一吸就知道；就是同一片叶子，叶尖和叶根、叶边和叶梗的味道他也分得出来。他还能将烟秸上的一截儿烟骨（烟骨的味道是极香的，可惜没劲道！）配上几片顶烟，做成又香又醇的"混子烟"；能将底烟、顶烟、辣嘴的蛤蟆烟按比例配好，做成奇怪滋味的"大全烟"；马粪施肥的烟、豆饼施肥的烟、草木灰施肥的烟以及施了化肥、人粪、芝麻饼、棉籽、死猫烂狗、兔羊粪的，都要分开放，以免"混味儿"。李芒和小织常要暗暗发笑：那是多么细微的分类！那能有不同的味儿吗？想是这样想，但他们总是极其尊重莫合爷爷的意见和经验，其中包括一些明显的谬误和纯属个人怪癖的东西……这样不知不觉中时光在飞快流逝。李芒写成了一大本子东西，小织看了，觉得十分失望：他完全没有写东西的才华，尽管他已经读了那么多书。李芒也看着不顺眼起来，后来干脆一个人偷偷把它烧成了一堆灰，埋到了喂草木灰的烟棵下。

中秋的时候，陆续收烟了。他们将烟叶割上一截儿烟骨，用绳子编成一排一排（这叫"烟吊儿"），挂到木架子上晒干、过露水。被露水洗过几场的烟叶又黄又红，味道也醇厚了……这时候的活儿特别忙，常常要挑灯割烟、上烟吊儿。三个人就在烟田里坐着干活儿，头顶上是一片星星。莫合爷爷讲着老山里的故事，讲着长白山上的天池，天池里爬出的水妖……露水简直就像一场小雨，半夜活儿做下来，衣服几乎能拧出水来！……

烟叶收完时，李芒要去吉林。在路上，他遇到了一个芦青河边上的老乡。一路下来，李芒才知道他的家乡有很多变化。开始包田了，日子可以过得很红火……这勾起了他的乡思。他回来后，怎么也睡不着了。他在想救了他一条性命的玉德爷爷，想那片土地，想海滩平原上的熟人了！被日常生活暂时淹没了的乡思像喷泉一样喷发着，又像烈焰一样燎着他的胸扉！他当晚就决定：回老家去！他先一个人回老家去看一看！……

李芒一个人回到芦青河边的村子里了。村里人像看到了一位天外来客一样，惊奇得了不得。玉德爷爷像怕他重新跑掉一样，紧紧握住他的胳膊，老泪不停地流着，接着又号啕大哭起来。他说："我的孩子啊！你可回来了！可回来了……我想小织子、想你啊，我这几年老做你俩的梦……"肖万昌见到李芒似乎并不惊奇，他的第一句话就是："你把我闺女给弄到哪儿去了？"……

玉德爷爷让李芒快些领小织子回来，说要再不回来，他想孙女也想死了。肖万昌说："回来看看可以，住下来不走可不行。我没有这样的女婿！再说，他和小织的户口也销掉了，上边有规定，回来的'盲流'一律不给落户……"玉德爷爷一听急了，跺着脚说："你这心比石头还硬！生米做成了熟饭，再说又这多年了，你还不要他们！"肖万昌说："就是我要他们，也落不下户！"

玉德爷爷还要说什么，李芒对他说："爷爷，我不是回来给谁做女婿来的，我是回自己的老家来的。我马上回去搬小织，来看您老人家，然后就侍候着您，不走了！……"

玉德爷爷感动得不知如何是好。他伸手拍打着李芒，嘴里咕哝着："孩子啊，落叶归根，吵架归吵架，还是一家子人，还是得回家，啊？……"

李芒回东北的前一天，玉德爷爷又求儿子，让两个孩子回来落户，肖万昌还是不依。玉德爷爷骂着："冤家，还要我给你下跪吗？"说着，扑通一声给儿子肖万昌跪倒了……肖万昌惊慌地扶起老人，一声也不吭了……

李芒返回东北了。他要和小织回到芦青河边了！

怎么跟莫合爷爷告别呢？怎么和这个搭在林中空地上的茅草屋告别呢？怎么和这个亲手绑扎起来的烟架子告别呢？

人生活在这个世界上，就得忍受着一次又一次的告别，就得经历那最终的告别……莫合爷爷不言不语地和两个年轻人分手了。他们临走给老人蒸了一大锅面饼，洗净了他所有的衣服鞋袜。老人送给他们的，就是那个大黑烟斗……

他们回到老家，很快就分到了一块土地。不久，他们就种出了方圆几十里最棒的烟田。玉德爷爷再也不愿离开他们了，成天在田里帮他们打冒杈、整烟地垄子。

一天晚上，老人突然提出说："万昌的地和这块界临，怎么不合起来种烟呢？一家人还分来分去吗？"

李芒坚决地摇头说："不！爷爷，不能合！"

"什么不能！你知道为合这地，我跟儿子费了多少口舌。'家不和，外人欺'，孩子，一家子做片大烟田多美气！我从年轻时就盼着自家有这么大的一片地啊……"老人说得很严厉，也很动感情。

李芒还是摇着头。他有多少话要跟老人说啊。但他相信什么都说不清楚。他只是预感到跟肖万昌的真正合作是不可能的，也是没有前途的……他摇着头。

老爷爷火了！他骂着："小冤家！还得我给你两个跪下吗？你和万昌还能再吵吗？一家子人还能再分开吗？……"老人气得全身都颤抖了。小织赶紧扶住了他，说："爷爷！爷爷决定吧，我们都听爷爷的！"

十八

小织几乎一夜未眠。李芒在大柳树下的那一番话，几乎使她不安了一天。夜里，她恍恍惚惚的，一会儿在海滩的那片小草原上，一会儿又在南山；一会儿在闹鬼的屋子里，一会儿又在满是血迹的废氨水库里。她一闭上眼睛，就好像看到荒荒在抢一把镰刀，莫合爷爷捏着他的大烟斗，傻女一把一把揪着自己的头发，老獾头在儿子身旁跪着包脚；好像看到了五彩颜色的石子，五大连池，甜菜地，老爷岭；看到山民们喜悦的脸色，那个收酒瓶子的人，肖万昌和民兵连长相互接火抽烟……她好不容易才睡过去，又忽然听到袁光的姐姐在窗外喊她："小织！小织！……"

"啊，我们在这里！在这里！袁光，袁光！……"

小织猛然从炕上爬起来，就要奔下去开门。李芒拦住了她说："怎么了小织？你怎么了？"

"袁光和姐姐一块儿来了，就站在窗外，你快给他们去开门啊，原来袁光没有死，他是和姐姐一块儿逃走了啊……袁光！……"

小织呼叫着。李芒费力地解释她这是幻觉，她才安静下来……这时候天已拂晓，李芒穿好了衣服说："我要替老玃头交柴油去，原来讲好了的。"

小织说："替他多交一些，交两次的油吧，好吗？"

李芒正要走出门去，这时听了她的话，就站住了脚步。他久久地、深情地望着她……

霞光映红了窗子时，李芒从外面回来了。他带回了一张报纸，递给小织说："你看看第二版上，有新闻！……"

小织接过来一看，原来是肖万昌上报了！这是一个记者在专业户代表会上的采访，上面还配有一幅大照片：肖万昌正微笑着站在麦克风前讲话。文章说肖万昌是发家致富的带头人，是海滩小平原上新时期的先进人物，是新生产力的代表者。文章中还举出一系列数字，说他第一个成为黄烟专业户，第一个与人联合承包；而后，收入多少现金，带动了多少人做了专业户，多少人有了电视机、录音机、洗衣机……

李芒说："他哪次运动都上报纸广播，如今又赶了这个浪头！因为他踩在别人的头顶上，所以从远处看，第一眼看到的就是他。他反过来，又正好可以用这张报去吓唬老百姓，使他能舒舒服服地踩下去。这个事实有多么残酷！"

小织看着报纸上的父亲笑微微的样子说："明明是我们先种了黄烟的，可他……"

"就是这种倒霉的联合使他钻了空子！小织，想想吧，咱是嫉恨他出名吗？是嫌自己风头出小了吗？当然不是！我们难过的是被他逼得到处流浪（还有更多的人被他这样的人逼迫、践踏！），在流浪中学了一点点本事，一点儿手艺，倒被他反过来给利用了！他利用这个欺骗人！只要有他挡道，村里人就别想真富起来，他应该受罚，可他没有！他继续作威作福。咱跟他的这种联合，真是耻辱！真是犯罪！"

李芒的脸涨得赤红，直眼盯着小织。

小织一丝丝地把那张报纸折好，放到桌子上。她伸手到他的衣兜里取出那个大烟斗，装满了烟，塞到他的手上……她低声地，像是规劝而不像埋怨："李芒！看看你自己吧，看看你这个爱发火的样子……"李芒吸着烟，长长地叹了一口气说："日子过久了，都是这么一年年过下来的，慢慢就迟钝了。世上的人差不多都习惯于跟坏东西平安相处。就这么忍耐着啊，忍耐着，一天天地挨。小织，你看看，咱不是这么一天天地挨吗？挨也苦，不挨也苦，犹豫来犹豫去的……还记得那条又深又窄的冻土沟吗？远远地躲着它，就是躲不开。它藏在黑影里，出现在你眼前，逼着你往里走。最好的办法是把那条沟填成平地、铺成路。……肖万昌这样的人，说到底是村里的灾星。可有人还把他们当成这里的顶梁柱！只要有他们，河边人的日子就没有奔头！……"

小织说："从爷爷过世后，我的心就没有安下来过。我想得和你一样苦啊，李芒！我知道：再要不分开，你也把自己折磨出病来了……你的每一句话我都记住了，我都在想。这几天，我又常常想起袁光。有时候半夜里，你睡去了，我一个人坐起来想……我想咱家里该有一个客人，该有袁光。他死得真惨。他在河边上来回走动的时候会想些什么？……"

"他一定是想到这个世界上一点儿让人恋的地方也没有了。"李芒握着大烟斗，又在屋子中间走动起来，"他还那么年轻，人活在世上能受到的屈辱差不多他都受到了。瞻前顾后，他可能想不出路来。他死得一定很痛苦，他本来会游泳……"

"他是不是缚了什么东西，缚住了自己的脚跳进去的？"小织惊讶地叫起来。

"很可能是。你知道他的水性多好。"李芒在桌前坐下来，随手翻动了一下那本诗集，"'用小树叶遮住眼睛，然后，不发一言'……我在莫合爷爷的小茅屋里写那本书，就琢磨过他怎样跳河……我为了合情理，把他这样的人都写成了孤儿。其实现在想想完全用不着！他们有父母，可父母自身也难保。没有敢保护他们的，他们这类人（当然包括我！）是这世上真正的'孤儿'。……我这样写道：'那些人面兽心的恶人，已经从一般的政治偏见堕落为无聊时的任意捉弄、残酷欺凌！我不知道这些孤儿是用什么方式活过来的，今天又怎样了？我甚至想走遍祖国大地，用个小本子记录下他们所有的生活……'"

李芒说着说着又激动起来了。小织温煦的目光看了看他，他才慢慢平静下来。停了会儿，他用平和的语气说："我这个人爱冲动。不过我要跟肖万昌决裂，这却是反反复复想过了的……"

"你能保证这回就不是冲动吗？"

"不是冲动，是实实在在的愤怒。"

"好多困难和麻烦，也都想过了吗？"

"想过了。"

小织一双闪着热情和光彩的眼睛久久地望着李芒，然后说了句："那么，今天就和他分开吧！……"

…………

李芒和小织走到了霞光映照的田野上。他们是来寻找肖万昌的，刚刚从他锁起的大门前走过来……田野上没有肖万昌。他们就来到了自己的田里，准备做着活等他。他们来到田里，首先就发现了一个奇怪的事情：老柳树死了！

本来这也在预料之中，但没想到它恰恰会在今天死去。它的最后一片绿叶也干枯了，折断的枝丫落了一地；根部的大窟窿朽得更深了，树桩在风中摇动时，它就发出嘎吱嘎吱的声音。它不定什么时候就倒下了。如今它是停止喘息了。

李芒和小织默默地看着老柳树，用手去抚摸它干硬的糙皮……

半下午时分，肖万昌在田埂上出现了。

李芒和小织把他喊到了老柳树下。李芒的第一句话就是："我们已经找了你快一天了。我们是要去告诉你：咱们把土地分开吧，就从今天开始分开！"

肖万昌淡淡地"嗯"了一声，他用手梳理了一下背头，又看了一眼死去的老柳树，问小织说："你也同意了吗？"

小织点点头。

"那就分开吧。嗯，这样也好。做长辈的也不能老为你们操心啊。嗯，也好！……"肖万昌蹲在树下说。

李芒冷冷地看着他。

"不过一家人硬是分开，也不是什么好事情！我还是有些不放心的地方，比如给烟田上肥上水、烟叶收购这些事，有好多麻烦哩！还有，你们也毕竟和别人有些不同，我指的是李芒的出身，不怕人家挑毛病吗？"肖万昌说这话时，眼睛紧盯住地上的一块石头，几乎是一个字一个字吐出来的，发音很重。

李芒笑笑说："你会在这些地方用用功夫。这是威胁。你有什么本事就做去，威胁我们可不怕。开始会苦得很，村里大多数人种烟不是也很苦吗？我们会咬着牙关挺过去。无论如何，不准备再凑合下去了……"

"我也早看出你有这个打算。你自己也说过，你是个记仇的人。不过我今天可要警告你：你复仇算错了日子！"肖万昌说着，突然像个老熊一样，威严地从树下站了起来。

李芒也站起来。他说道："你害怕记仇，你当然喜欢别人一下子把什么都全忘掉，你好从头把事情再做一遍，你这不是算错了日子吗？"

"我有过过失。可是账也算不到我身上，那时候就是那么个时代，我不那样也没有办法！……"肖万昌的声音不知怎么又低缓下来。

李芒高高的身躯摇了一下，站到了肖万昌的跟前。他的头略低一下，盯着对方皱纹密密的脸看了一瞬。他的像铁钩似的大手指抚摸着自己满是胡楂儿的下巴，嘴里轻轻"哼"了一声。他把目光收回来，看了一眼他的妻子，然后掏出大烟斗吹了两下，点上烟末吸起来。他吐出浓浓的一口烟雾，这才说道："我可琢磨过你这个人。你是个老农村干部了，你已经不是农民。你留了背头，到现在还知道把裤子压上一条线。你是个沉得住气的人，从来不发火喊叫。你一辈子养成了你那套对付人的法儿。不过，你到底还算个笨人，算个俗气人。我心里有数，你这样的人更容易走到残忍的路上去。你就很残忍，你喜欢看着别人趴在地上挣扎。你说就那么个时代，就得那样对待我们，那我问你：荒荒和老獾头他们呢？老寡妇呢？他们祖宗三代可都是贫农！你同样要欺压他们，看他们挣扎！很清楚，你总是在寻找那些没力气的人下手。哪个时代里都有你这样的人，你这样的人就靠这个过活！……"

肖万昌的脸色终于涨红起来。他有些恐惧地看了看李芒的两只大手，扭过身子说："你等着吧，你等着。我不在这里听你这一套了……"他瞥了一眼远处的人们，就要昂着身子走开。

李芒挡住他说："你急个什么？今天这是干什么？这是一个联合要分开！我还没有说完！"他的两眼闪射着尖利利、虎生生的光，一只大手握着大烟斗，在胸前活动着。肖万昌退回一步，终于站住了。

"李芒！"小织在一旁喊了一声。

李芒吸起烟来。他继续以沉稳的语气说下去："你可不是个简单的人。你见过世面，知道深浅，要办成一件大事也很省力。比如抓荒荒，你连一句话也不用说，就有人替你做。我说过你是个沉得住气的人。你交往了不少有权势的人，可是你也能和要饭的人坐下喝酒！你沉得住气，有时眼光也不短。不过我比你还沉得住气，我看得透你。这就好比两人斗拳，你忒厉害，可我比你还厉害。我就决定和你分开了。"

李芒不慌不忙地说完，然后就专心地吸他的大烟斗了。

肖万昌终于从对方的沉稳受到启示。他也卷了支喇叭烟吸上，用手梳理着背头。他盯着死去的老柳树，苦笑了一下……

接下去，肖万昌再也没有吱声。

小织蹲在一旁，不知什么时候哭了。她一句话也不说，只是含着热泪，钦敬地看着她的愤怒的丈夫。

十九

肖万昌走了。小织和李芒还站在他们的田里……这时李芒对小织说："小织，你先回家去吧，你先走吧，我要一个人走一走。我太激动了，啊！小织……"小织点了点头。

李芒沿着田埂往西走去了。晚霞映红了他的面庞。

一片美丽的暮色笼罩了深秋的田野。一望无际的烟叶儿在晚风里、在橘红的光色里摇摆着。这海滩平原整个儿都像在燃烧，火苗儿不停地燎着、跳跃着。烟叶儿的背面泛着微微的银白色，在一片红光中闪烁不停，很像剧烈的火焰中爆出的白亮的光点。烟农们就在这原野上活动着，有的蹲在一个地方不动，有的三五成群聚在一块儿。他们像是挑着柴火到处点燃的人，又像是凑近了火堆取暖、吸着烟玩耍的人。这景色延伸到远方、再远方，消失在太阳的底下。这很像登在了高山上，看山下浓密无边的丛林，也很像面对着平平的大湖瀚海，给人一种统一的、没有边际的感觉，引人沉思，思绪可以随着它延伸再延伸，直到水天交融、天壤接合的地方才缓缓郁郁地折回来。暮气慢慢有了，不知是从天空上垂下来的，还是从泥土里升腾出来的，反正是低低地挂在树梢上，成一缕，成一片，沉默着。各种各样的声音都开始收缩融解，又渐渐细碎成一些屑末，在傍晚的田野上飞荡着。一株株老树伫立在田埂路边上，像白发的老人遥望着收获的田野、呼唤着忘归的儿子；鸟雀一群群落到它的身上，又跳跳跃跃地离开，扑到泥土上，像是它撒出的一把把种子。一条黄黑色的狗飞一般在田间小路上奔跑，又突然地立住，从烟棵间露出那神气的头颅；当它重新走去时，步子又变得那么迟缓、懒散。它有时低着头嗅一嗅泥土，后来就一直嗅着走下去了，只翘着那个卷起来的、像绒球儿一样的漂亮尾巴了……

李芒一直向西走去，最后在不知不觉中踏上了芦青河堤。哦哦，芦青河无声无息地流着，有时就是这样的默默无闻。如果不是这高大的河堤，不是堤库这密匝匝的林带，人们简直就会把它忽略掉。到了水旺的季节，河水已经涨到了堤腰，近岸那些芦苇蒲草只露个梢头了。又平又宽的水面上，几乎没有了波纹。它就这样安静地伏在土地上，美丽而温顺。李芒禁不住脱下衣服来，用一根柳条束好，跳入了水中。晒了一天的河水简直不像秋水，暖暖的，滑滑的，他两手合并伸出，像条鱼一样向前滑去。舒畅极了，他荡起无数的波纹！这样游了一会儿，他又抡开胳膊大幅度击水游动，全身觉得热乎乎的，痛快得很。大约很久没有跳进这河水里了，他心里有一种说不出的感觉。河是某种分界线，河的那一岸，就是外乡；河的这一岸，好像就是真正的家乡了。他从童年起学会了跨越这条河，无数次地踏响了河上的小木桥。小木桥是柳木做的，木板的边缘上生满了青苔。老远地就可以听到它在呻吟——当浪头拍击它的时候，当行人踩着它的时候。一年又一年，不知多少人从它身上踏过来踏过去。两岸的人背负的重量太大了，它的腰弹动着，原想尽力地挺起来，但最终还是弯下来。它屏住呼吸坚持着，坚持着，像不可折服的样子。行人走过去了，它才直起腰来喘一口气，接着便是呻吟，便是叹气……堤岸上的林木在风中响着，有时像一种奇怪的琴声，有时像童年的欢笑。劲风中，它的叶子和细小的枝丫都指向一个方向，树干却是一根根直立着。秋天，它的颜色变得墨绿了，深沉了，和河水浑然一色了。接上去的冬天，它也就严肃起来了，不苟言笑；残酷的北风强迫它发言，它就发出一种尖厉的、不叫人喜欢的啸叫。堤岸的长长的斜坡上，那么多青草。草棵都结了种子，准备繁殖了。草棵的根部新生出嫩绿的长叶来，像细长的麦叶或者那种柔韧的蓑衣草。看上去它极柔软。秋天用严霜迎接冬天，严霜也就洗红了这秋草。到了合适的季节，当你在河上展望堤坝的时候，你注意的，首先不是林木、不是蒲苇，也不是那些散开着的星星点点的花儿，而是嫣红的草棵！它不像红叶树那样红，不像枫，不像石榴花和美人蕉花的颜色；它是暗红、有些紫的那种红；更要紧的是，它的红叶儿能爽爽地披散下来，你看着它的薄薄的、湿润的红叶儿，老想去抚摸一下。在那肃气正浓的季节里，正有一种你自己都不易察觉的同情心在搏动，这时恰好转移到这艳色的小草上了……李芒尽情地击水，不时仰起头呼吸着水面上清新润湿的空气。啊啊，在这个秋天里，在这个忙得直不起腰、被某种东西压得缓不过气来的秋天，他终于迎来了这个下午，迎来了这个傍晚。多少年来，他从未觉得这样轻松。他要好好亲近一下这河水，这田野。他觉得他能看到那很远很远的地方，无论暮色有多么浓重。

太阳落下去了。太阳在整个一个白天里都使河水闪着亮、放出光辉，使田埂和小路上的沙粒都清晰可辨，使烟秸上爬着的绿虫暴露在一片光斑里……现在它故意让大地陷入一种朦胧里。灰蒙蒙的颜色里，从土地里生出的稼禾和林木，看上去都黑簇簇的。一片连着一片的烟棵也模糊了，绿色的那一边完全淹没在渐浓的夜色里，就像一张纸浸到了黑色的水里，天空的星星不知不觉地密起来，像一些小灯在偷偷地点燃。……李芒不知不觉地走到了海滩的丛林里，是河边的一条黑泥路把他领到这里来的。地上的草棵绊着他的脚，他感觉到已经有露珠儿溅出来。前面是黑魆魆的灌木丛、马尾蒿，是夜间才出来活动的小动物的咕咕声；它们召唤他了，问候他了。他笑了，舒适地伸了一个懒腰。他向着一片夜色高声大笑起来："哈哈哈！哈哈哈哈……"笑声在沙滩上飞去，飞得很远很远；在很远的地方，又隐隐约约传来同样的笑声。李芒自己都感觉得出他笑得有多响亮，这声音真正发自一个强健的、成熟的、有火气与胆量的男性。他相信这笑声里，大海滩上的鬼蜮（传说中这里可有这东西！）会退走或伏下，任何想计算他、加害于他的东西都会逃遁。他笑得太坦荡、太豪迈了。

他已经很久没有这样轻松悠闲地来大海滩上了，尤其是没有一个人走上夜间的丛林。这片给了他的童年无限欢乐的丛林，辽远深邃，带着一点儿神秘。除了临海的一面，他从没有摸到它两端的边缘。这林子大半是稀稀拉拉的，可密的地方，又几乎插不进脚去，远远望着只是黑乎乎一片，像从天边压过来的一大团乌云；这林子大多是细矮的杂树棵子，可有时你又会碰到一片齐整而挺拔的杨树、柏树或者橡树。李芒记得这些粗大的树木给他的深刻难忘的印象，给他的惊喜与愉悦。那还是有些闷热的季节（夏天吗？秋天吗？），当他背着一捆大大的刺蓬菜走在沙滩上，流着汗水，突然遇到这么一片有着广阔阴凉的大树林时，他几乎要欢叫起来……他倚在菜捆上歇息了，斜着他的童年的明亮的眼睛，看大杨树那淡绿的、光滑的树皮。树皮上的各种痕迹纹路引起他各种的幻觉和想象。它们有的最像眼睛，而且是很漂亮的眼睛；它瞪得很大，很单纯热情，对他充满了友情。它们有的像一把镰刀，刀面儿很窄，刃儿很薄；他总想它是多锋利的一把刀，而且一定是无锈无裂璺无豁牙的好刀子。它们也有的像一个大大的惊叹号或者问号。每逢看到这里，他就全身一振，更加睁大了眼睛。树木有意无意地询问人间的秘密，并且又肯定地来一个惊叹号，像是自信地预言了什么，判定了什么……他有些迷惑，也感到有趣，懒懒地捎起草捆重新走去。他要穿越大杨树林。他故意低着头，不看那眼睛、那镰刀、那费解的惊叹号与问号。可是他要跨出这片林子的时候，忍不住又要抬头再望一眼——他看了林边的最后一棵树，他在树干上看到了一个醒目的句号！他想：句号，画在林子的边上。他笑了……童年真有趣！

　　风全息了。大海滩上真暗：这是失去一个太阳、又暂时没有一个月亮的缘故。黑暗、静谧、温暖，是最适合一个人默默地倾听的时候了。你不必声响，只需使用你的听觉器官。这样沉默一会儿，必定会发觉一些细小的、轻微的响动，还会听到更远处的、在夜幕的另一面传来的声音。这些细碎的响动是一丝丝地放大了的、清晰了的。如果你开始去想象，就会仿佛看到：在那些黑影子覆盖下的树隙里、沙窝里、荆棵子里，正有各种不同的生灵睁圆了眼睛窥探着，然后伸出它们的可贵的小前爪，试探般地踩到有些温热的沙土上；接着，它轻松地转动几下头颅，灵活地拂动几下尾巴，整个身子向前倾斜、再倾斜，直到重心完全移到前爪上时，才一个猛跃，奔驰而去了……东南西北都有野物在喘息、在交谈、在追逐，最后它们总是把争夺吵闹的声音弄得很大。……天空被忽略了：多少明亮的星星！多少上帝的眼睛！天空没有乌云，苍穹的颜色却不是蓝的，也不是黑的；这时候的天空最难判定颜色，它有点儿紫，也有点儿蓝，当然也有点儿黑。白天的天空被说成是蓝蓝的，其实它多少有点儿绿、有点儿灰。真正的蓝天只在月光明媚的夜晚！纯洁的月光驱赶了一切芜杂、一切似是而非的东西，只让苍穹保持了它可爱的蓝色！哦哦，星光闪烁，多明净的天幕啊，多让人沉思遐想的夜晚啊！

李芒迈着他的坚实而沉稳的步子走在大海滩上，他微微含笑地看着身边黑乎乎的灌木和草棵。四周都是这莽莽苍苍的一片，看不到一条小路在分割它、在标划它的界线。这是真正的旷畅邈远、无所收束；只有这里的夜晚才使李芒胸襟开阔，身心振奋。他真想去拥抱这片海滩、这个夜晚。他的脑海里涌现出各种各样的想法，他怎么也没法儿抑制住自己的激动。这激动里面有些说得清，有些说不清。仿佛一个人精疲力竭地攀登一座高山、踏上了峰巅时的感觉，又仿佛一个人奋力地横渡一条宽河、胜利在望时的感觉。他绝对没法儿使自己待在一间屋子里，他必须使自己到一个广大的世界里去，好像那里才无拘无束，他的思绪才可以随意飞翔。黑色将一切都染成一个颜色，淳朴而厚重，绿的叶子、白的沙土、棕色的树干，都化为一种凝重的色彩了。偶尔有鸟雀在陌生的远处鸣叫一声，显得平淡微弱，也很快散开在黑夜里了。海潮的声音没有尽头，总是平平的、没有曲折的调子，仿佛是这海滩上特有的夜歌。这里的一切都使人感到安逸而兴奋，生活中间的恐惧在一瞬间退到夜幕的背后去了，剩下的是一个人显露个性的勇气，是一种跃跃欲试的心绪。每个人都可以面向一片茫茫夜色倾吐心曲，都可以沉湎，可以幻想，可以憧憬，可以狂想。世界比原来设想的要大，力量比已经证明的要多。无休止地安慰自己，鼓励自己，娇惯自己，自己相信他是属于这片温暖的夜色了……

李芒回过身去，倾听自己村庄的声音。看不见什么痕迹，但可以听到人们生活的声息。他想一定是有人在烟田里摸黑做什么，这儿的人常常半夜了还要守着他的烟棵。有人跟自己的狗和猪说话，后来跟锅灶、跟锹柄也说，再后来跟烟棵也说。跟烟棵说话时一边扳着冒权，就像跟娃娃说话时一边梳理他的头发一样。说啊说啊，无休无止，这就组成了村庄的声音、生活的声音。他自然地想起了小织，想他的妻子会一个人默默地走回家去，生起炉子，做一顿香甜的饭菜放在那儿等他回去。她不会急得出来喊他，她知道他该松弛一下了。她会在等他的时候把窗子擦净，把书架擦净。她再没有那么多忧虑了，她已经忧虑过了，她现在更多的是喜悦，是轻松。她以前好像不是一个主妇似的，她从今晚起要做一个主妇了。她比过去更能感到她要做母亲。她虽然早已有了母亲的温柔，母亲的贤良，可她做母亲的精神上的准备却未必充分。她能使儿子降生在一片真正属于她自己的土地上吗？能吗？忐忑不安，忧心忡忡，患了一种少妇病。……李芒仿佛看到小织在微笑，于是他自己也笑了。这时他突然想去看看那片小草原了：嘿，小草原！

可惜看不清路径，这很难找到那片可以入诗入画的小草原。就在他有些忧虑的时候，他发现那个月亮已经在贴着一片林梢往上攀缘了。他的心像被一把欢快的小锤子敲击了一下，兴奋地跳动着。他找那片小草原去了……大海滩慢慢笼罩在一片熟悉的月光里了，沙粒慢慢又看得清了，树叶儿又变绿了。眼前的一切都在迅速地展开着层次，或退远，或凑近；或者是从草丛里挺出一枝野菊在微笑，或者是小径旁的枯树在愁戚。大鸟儿嘎嘎嘎地叫着，在它的声音里，好像一切又开始从沉睡中缓缓地睁开了眼睛。一丛丛的洋槐、小叶杨、沙枣棵、紫穗槐、橡墩子……在它们的背后，那片小草原在月光里打着哈欠。李芒奔跑着，举起了两只臂膀，有力地挥动着……他卧倒在这片柔软的草地上了。这真是一片神奇的草地，在最寒冷的时候，这里也有温暖。阳光有时只照耀着这人间一隅，使人暖洋洋的。草尖上散发着熏人的香气，他躺在上面，竟然睡了过去！他发出了均匀的鼾声。

醒来时，月亮已经升得老高了。李芒觉得睡了一个好觉，解除了一个秋天的疲乏。他伸展着腰身，活动着腿脚，准备回家了……已快到中秋节了，月亮很亮。他身旁的树叶上，露滴闪着银白的光，叶子背面的茸毛也看得清。有一个蝈蝈在树丫上爬着，爬到顶端，身子奇怪地一跌，就折向另一个枝丫了……会鸣叫的东西都大声地鸣叫，一阵微风吹起来了。李芒从这风中马上就嗅到了烟叶儿的香气！啊，烟田再上最后的一遍水，就该收割了。到了中秋节的时候，家家都在压得弯弯的烟架旁摆上酒桌儿。他有些沉醉地仰起脸来，又一次仰望了布满星星的天空。多美好的天空啊，多美好的原野！多美好的树木、烟棵、小蝈蝈！多美好的夜露、沙子、绿色的树叶儿！多美好的小路径、河堤、木桥！多美好的虫鸣、鸟鸣、村庄的声音！多美好的乡亲、姑娘、小孩子！多美好的小织和小织正孕育着的孩子……一切都需要温暖、亲近和守护，一切都需要和他们在一起。

"李芒，你再勇敢一些、年轻一些、强壮一些吧！"

他在心里对自己喊道。

二十

李芒与他的岳父肖万昌分开了烟田，这事马上就家喻户晓了。

当李芒和小织走上田埂的时候，很多人都用迷惑不解的目光端详他们。李芒不作声，只吸着他的大烟斗，一下一下地做着活儿。

另一边肖万昌的田里，很快就有了小腊子。李芒见了，心里有些痛快。他想：小腊子啊，你学学种烟吧，这是庄稼人该会的本事；你一支接一支地吸烟，就该知道烟叶是怎么长出来的；轻骑车你已经玩得这么熟了，自己家的烟田倒没有踩上几个脚印。小织常把水果什么的抛给弟弟，小腊子每一次都接得很准……荒荒有时候从地里走过来，跟李芒说上一会儿话。李芒常要手把手地教他做活儿，告诉他耘土时锄子该离烟根多远、耘多么深、旱地怎么耘、湿土怎么耘，施肥后怎么耘、什么时间耘、烟叶儿染病了怎么耘……荒荒又高兴又惊奇地拍着膝盖说："芒兄弟！怪不得你的烟长得这么好，光是耘地就有这么多讲究！"他笑着，挠着头。停了一会儿，他突然又严肃起来了，问："芒兄弟！听人说吸烟多了会长癌那玩意儿，怎么咱这儿的人没有一个得的？"

李芒苦笑着摇摇头，真不知道怎么回答。他说："荒荒！咱正讲种烟，你又扯到那上边了……"他接着又给荒荒讲割烟顶；怎样选割烟刀，为什么刀子要一头尖一头扁；几个叶片割顶好，什么时辰割适宜……荒荒哈哈大笑说："有一手！有一手！……"这时小织正在离他们十几步远的地方做活，荒荒瞥了一眼，低声对李芒说："你媳妇……真俊哪！……"

这天上午李芒正浇烟，可是浇了不到一半的时候，突然水就从放水道上退回去了！李芒焦急地去找了开机器的人，那人说："还能总给你一家子用水吗？天这么旱！"

"可你也得给我浇完哪！"

"给你浇完别人就浇不完了！"

"我不是交足了柴油吗？"

开机器的人戴了一顶黄帽子，这时把帽子可笑地捋到了后脑壳上，掐着腰说："你以为有钱、有柴油就有了一切吗？"

李芒立刻陷入了迷茫，不解地问道："有了新规定吗？"

那人嘻嘻笑着，斜叼上一支烟说："如果贫下中农不要你那几个臭钱呢？"

李芒琢磨着"臭钱"这两个字，不由得笑了。他很可怜眼前这个人。他打趣地问道："贫下中农不要'臭钱'，要不要浇水的规定啊？"

"再'规定'，也得先满足贫下中农，唵！"

他的一个"唵"字，使李芒觉得特别可笑，那一个字，那一种语气，相当于说："就是这样子！""你看着办吧！"或者是："你能把我怎么的？""你有本事，你就试试看！"真是以一当十、当百，"唵"字是个好东西。李芒知道他是跟肖万昌学的。这样想着的时候，那人又说话了："真他妈的怪事，革命这些年，又让地主富农兴盛起来了！"

他一边说一边转身走开了，摇头晃脑的。

李芒真想追上去狠揍他一顿。李芒看了看他那个细细的脖颈，心想用手箍住一拧是再合适不过的了，该好好问问他谁是地主，谁是富农……但看到他那个瘦干干的样子，想起家里那个寒酸样子（没有媳妇，只有半截席子）也就作罢了。

可这会儿邻地里的荒荒斜穿着田埂拦住了开机器的人。他大概也听到几句这边的争执，这时喊着："二秃子（那人头上有一块秃斑）！你凭什么给芒兄弟关了机器？狗仗人势……"

二秃子直着脖子说："多管闲事！"

"我他妈的就要管！我他妈的今个是'做代表'来了……"

二秃子乜斜着他说："怎么，腔上的伤长好了吗？"

这下子大大地损伤了荒荒的自尊心，他弯腰就搬起一块大土疙瘩……二秃子奔跑起来，但大土疙瘩还是砸在了他的屁股上……

李芒怕耽搁了烟田浇水（这最后的一次水是多么重要！），到外村出高价雇来一台抽水机。可是抽水机正要往机井上放的时候，民兵连长嘴里咬着一个琥珀色烟嘴出现了，身边还跟着两个持枪的民兵。他笑眯眯地对李芒说："这是不允许的。"

"闲置的机井为什么不准用？"李芒愤怒地盯着他说。

"水源是统一的。你抽了水，别的井水还旺吗？"

他身边的两个民兵微笑着，点着头。

李芒只觉得一对拳头热得发痒。他掏出了大黑烟斗，慢慢地吸起来，一边端详着面前这三个人。

这时候有几个正在地里忙活的围了上来，明白了什么事之后，讪笑着走开了，一边走一边说："人家就是有钱，能雇来一台机器！可好日子也不能都让一个人过了呀……"

李芒全听清了，他觉得心上有些发冷。

"有机器也转不动喽，没有老丈人做靠山喽！嘻嘻……"

几个人议论着往前走去，铁锹碰得叮当响。李芒盯着他们的背影，咬了咬牙关，徐徐地吐出一大口烟……他站起来，磕了磕烟斗，一句话也没说，就走开了。

民兵连长几个人惊愕地对看着。

李芒一个人径直往镇上走去。他没有告诉小织，他觉得有些话已经完全没有必要在烟田里说了，他要去找镇党委。

一位三十岁左右的姓梁的书记热情地接待了他，并且用本子记下了他的每一句话。梁书记送他出来时说："我们对那里的情况已经了解了一些，放心地做你的专业户吧，有些东西，我指那些充满希望的事业，是不可逆转的！”这个梁书记热情、干练，少有的文静，这引起了李芒的极大兴趣。他和这个书记分手时，才知道他是前两年从政的一位师范学院毕业生，刚接任镇党委书记三天。

当天下午，梁书记就骑了一辆摩托车来了。他兴致勃勃地看了李芒和小织的家，他们的烟田，然后神情肃穆地望了望西边的天色，推上车子找肖万昌去了。

肖万昌在几秒钟内就弄明白了对方为何而来，然后笑着说："梁书记！你可能不知道，李芒是我的女婿。我不好过分地偏爱他，为了工作，有时就难免委屈他一点儿……"

谁知这个梁书记用手利落地一挥打断了他的话，很和气地说："镇党委也了解一些你的情况，这个以后再谈，专门谈。我现在要跟你说的是：不要利用群众的一些不健康的东西，比如，农民意识，平均主义，政治偏见，等等，去损伤李芒同志。你和李芒有矛盾、怨恨——这是明摆着的事。但你是村的支书，要执行有关农村政策。你必须马上去亲自解除对李芒的一些刁难，毫不犹豫地给他供水……"

肖万昌有些不知所措。但他很快又微笑起来。他大概在笑这个新书记的"学生腔"吧。

梁书记另有什么事情，又简单谈了几句，就急匆匆地跨上摩托车走了……

中午时分，李芒和小织正在家里吃饭，二秃子就在窗外喊："李芒，给你浇地了！还浇不浇了？唵？……"

…………

直到深夜，烟田才浇完。李芒和小织很疲乏地回到了家里。可是李芒不愿休息，一个人在桌前坐下，吸着烟斗，翻弄着一本诗集。小织说："李芒！快休息吧，烟田也浇了，我爸爸他们不是让步了吗？"李芒没有听见。他认真地看起来，微皱着眉头。就这样看了一会儿，他抬头望了一眼小织，随手打开了电视机，这时候当然没有什么节目，他又随手关上了……他在屋里走动着，一手握着烟斗，一手伸在衣服下面。小织问："李芒！你不舒服吗？你怎么了？"李芒摇摇头："没。我不过感到很累，非常非常累……我心里很累。我睡不着。你快休息吧……"

　　小织用温柔的眼睛望着他。这双美丽的眼睛常在这样的时刻安慰着他，温暖着他，也询问着他。

　　他终于坐下来，和小织坐在一起说："你不知道，从烟田往回走的这段路上，我突然后悔起来，我想起了莫合爷爷。我后悔不该离开他。我真想那段日子……"

　　"别这样说！不能说后悔……李芒！"小织叫着他。

　　"肖万昌他们再刁难、迫害我们，我都不怕。可是，二秃子，还有村里那些人的话，让我受不了。他们多少年就受肖万昌的捉弄、欺骗，到现在还过得那么苦！我们不是为了和他们在一块儿才和肖万昌决裂的吗？断了我们的水源，硬要把一地好烟棵给旱死！这就是肖万昌使出的第一个毒招。村里那些人呢，倒糊里糊涂跟着起哄，感到快意！……我好像从来没有这样失望过、这样难受过。真的，关到废氨水库里那会儿也没有。从烟田回来时，我觉得两条腿那么沉……"

　　小织默默地听着，紧紧地握住了李芒的大手。她低下头来，发现这双大手不知什么时候已经裂开了两道口子，虽已愈合，却留下了硬硬的疤痕；两个手掌都被铁皮样的硬茧壳包住，十个指头的骨节都已经变形，由于烟汁的长期浸染，这双手已经是永远也脱不去的黧色了……她心里一酸，两眼涌满了泪水。她害怕眼泪淌到这双手上，赶紧偷偷地抹去了……她抬头盯着他的眼睛说："李芒！我全都能理解你现在的心情。可我觉得你太急躁了，总想着什么都应该再好一些。是啊，他们真让人不高兴。可是我们只要这么做下去，他们会变的。我们真心希望他们好起来，他们会慢慢看到我们的心……李芒！我也完全相信你，我们一定会比现在更富裕、更好！我们大家都会好起来！李芒！啊！李芒，你听见了吗？是这样吗？……"

李芒激动地说："小织！你真好。我不该说那么多丧气的话。你多么好啊，小织！……"

二十一

中秋节到了。烟田开始收获了。海滩小平原几天来就喜气洋洋的。这里的人们极其重视这个节日，从来就把这个日子看得很重。大家把酒桌搬到院子里，在月亮的照耀下喝酒。虽然大家不怎么抬头看那月亮，可是皎洁的月光使所有人都高兴一些。

喝过了酒，大家四处凑着玩。荒荒带领了好多人来李芒家看彩色电视。李芒和小织不知怎样才好，倒水、拿烟、抓瓜子和糖果。他两人高兴极了。乡亲们有的坐在沙发上，有的坐在木椅上、折叠椅上。荒荒用力地在沙发上颤动着身子说："嘿嘿！这东西好！……"

人们走了之后，李芒和小织再花费好长时间打扫烟蒂和瓜子皮……可他们心里兴冲冲的。这是一个真正的节日！往常，人们总把他们当成肖万昌的一家子，多少有些敬畏，很少来看电视。他们现在高兴极了！他们真感谢荒荒！……

过了节日，人们就动手搭晒烟叶的架子了。

人们搭了各种各样的架子，各自根据自己的设想、自己的美学观点……搭烟架子可有大讲究！李芒每看到一个不成功的架子就停下来，帮他们重新搭一种架子——这是他在莫合爷爷那儿学到的：先立两根大柱，柱间搁一道"大梁"，然后在大梁两侧立些细木条框架，最后在立柱的根部绑几根撑木。这样的架子，烟吊子可长可短，只要活动一下撑木就行；烟吊子可疏可密，可根据阳光、露水的大小加以移动；来了风雨，可以将烟吊子并到大梁两侧，从大梁上搭几条苇席。真是方便极了！巧妙极了！……人们学会了搭这种架子，都很敬佩李芒。老獾头伸着大拇指说："芒子是个'金孩儿'啊！"他跟最好的后生才叫"金孩儿"！

荒荒因为太笨，不得不请李芒从头至尾帮他做。他们正做的时候，民兵连长领着两个持枪民兵溜达过来了。因为没有人理他们，他们就立在一旁吸烟，互相之间交谈。这个说："哼哼，架子搭得再好有什么用？来了贼，哼哼！"另一个说："今年可不比往年，贼可多！……"民兵连长嘻嘻地接上说："咱们是负责治安保卫的，不过咱们只为贫下中农做保卫……"一边的两个民兵大笑起来，一边笑，一边用眼瞟着李芒。

这显然是一种威胁。话的表面意思是不给李芒这样的人保卫丰收果实，实际上却在暗示他的烟叶有可能遭到抢劫！……李芒用力地煞着木架上的绳子，冷笑着看他们一眼，对荒荒说："我今年准备一根铁棍子，哪个贼不怕碎脑壳，就来好了！"

荒荒一直仇恨地盯着民兵连长，对李芒的话并没有听到耳朵里去。

　　烟厂里每年在中秋节前后都要下来看看烟叶的收获情况，挨门挨户地登记一下，做一下烟叶的估产和预购。这一天，烟厂的王会计领着两个工作人员，由肖万昌陪伴着，一块一块烟田看过了，做了登记。到太阳落山时，他们也没有来李芒的烟田，李芒问了一下，他们早已走了。除了他的烟田未看之外，还有少数几家的，也没有看。荒荒又急又恨地来找李芒，骂着肖万昌和王会计。李芒安慰着他，说等到了正式收购时再看他们怎么办，如果烟厂不要，我们可以约同一些人去和采购站订合同，去镇上集市自销……荒荒这才安下心来，回到自己田里割烟叶去了。

　　烟田里最繁忙、也是最愉快的日子来到了！人们白天晚上都在烟田里收获烟叶。夜晚，田野上有一堆一堆的火焰，那是割烟的人用来煮东西吃、用来照明的。他们在闪闪跳跳的橘红的火焰下挥着割烟刀，特别来劲儿。烟叶长得真棒，又肥又大的叶子铺到地上，像铺床的绿布单，老要引逗种烟人躺到上面去。……李芒和小织割着烟，身上被露水打湿了。他们觉得这是坐在长白山下的烟田里，这是坐在莫合爷爷的身边了。李芒有滋有味地吸他的大烟斗，一边做活一边和小织说话。他们有时仰脸看天：可不要在这时候下雨呀！还好，天空没有一丝云彩，到处都是星星……

　　肖万昌的烟田里也亮着火，可坐在火边的人不是肖万昌自己，也不是小腊子了，而是村里的另两个人：老獾头和他的姑娘！李芒看到了，走过去问了一下，才知道他们和肖万昌开始联合了。这父女两人似乎十分高兴，女儿笑眯眯地说："芒哥，和万昌叔联合好咪！"李芒问："怎么好法？"她说："不要操别的心，只要用力做就行了！"她的父亲点着头、咳嗽着："是啊！是啊！庄稼人不能惜力啊！吭吭！吭吭！……"李芒默默地走开了。

李芒和小织割着烟，不时地望一眼邻地里的火堆……李芒说："你听见老獾头咳嗽吗？"

小织点点头。

"他一夜里就这么咳嗽……"

小织说："他有七十岁了吧？"

"大概有了。"李芒停了手里的割烟刀，又吸起烟来。他低下头来说："我看他都捏不住刀子了，刀子直打战。我担心哪一下刀子会割了他的手。那把刀子倒是锋快！不知怎么，我盯着他的刀子，想起了一个捡破烂的老头儿……"李芒慢慢地划着火柴，点上熄灭了的烟斗，"老头儿也有七十多岁，一只眼睛瞎了，穿着一条破棉裤，用一根火麻绳吊着。他靠捡破烂、白菜帮过活……我看了后，就忘不掉。我难过得要命，老想他的儿子哪去了，他没有儿子吗，谁来帮帮他才好……"

"老獾头儿子的脚好了吗？什么时候出夫回来就好了。"小织说。

李芒望着远处一簇簇的火焰，自语般地说："一个联合刚刚垮了，又一个联合开始了。聪明人不是可以从这里面看出好多东西吗？……"

小织沉思着。突然她激动地握住了李芒的手，低声说："芒！他在动！啊啊，在动……"

小织的脸通红通红……李芒终于明白过来！他的脸也变得绯红了。他有些口吃地说："这真是……啊，嗯，很不安分的……

一个、一个毛小子！啊啊！……"李芒站起来，兴奋异常地走动着。

"再有不久，我们就有孩子了！"

"我要把他抱到烟田上来。首先让他认识烟叶儿。我要让他识字：土地，责任田，割烟……"

"他会有福。但愿他别受我们这些折磨……"小织幸福地喘息着。

"一定不会！我们在他刚懂事时就要告诉他：这一辈子，直到永远永远，绝不跟那些坏东西妥协！绝不！要把他也培养成一个倔汉子，告诉他：绝不！绝不！……"李芒叉开长腿站在小织的面前，盯着她的眼睛说道。他握烟斗的手已经颤抖起来了。

"绝不！绝不！"小织重复着。

两人重新坐下来割烟。李芒说："只要村子还掌握在肖万昌和民兵连长他们手里，这里的人就别想过上好日子。他们已经有了很多经验、很多办法。我们不能只是防守，我们还要大胆地攻一攻。我们忍啊忍啊，已经忍到了一个好时候！……我从镇上的梁书记身上，就生出一些新指望来……"

"你准备怎么办呢？"

李芒沉思了半响说："我老是忘不掉那片蓖麻林。我越来越觉得老寡妇生前一下一下摸我的脸，那是把傻女的事托付给我了……我准备做两件事：一是登报找傻女；二是把村里的事情写成一份材料，当面交给县长；不，当面交给法院和……"

…………

夜晚，当大家把最后的一个烟吊子挂到架子上时，都舒心地伸个懒腰，到李芒家里看彩电来了……李芒和大家一块儿吸烟，一块儿议论着烟田、化肥、浇水，议论着烟叶的收购，议论着民兵连长和他身边背枪的人，议论那个壁上有血迹的废氨水库，也议论承包出去的集体小工厂（这实际上是肖万昌他们的钱柜子!）……

当电视上接连播放广告的时候，大家都打起哈欠来。李芒已经读过一次他写的材料，经过了两次修改，这会儿就从头读起来。大家每听到肖万昌三个字，就再也不言语，只是互相盯视着，吸着烟。

这份材料没法写得更短。因为要使人们明白一个人，就不得不简单追溯他的历史。有很多事例。有欺压，有凌辱，有血泪。材料指出这里的权力掌握在一个愚昧、狡猾、早已蜕化变质却似乎总有道理的人手里；这里的权力已经相当集中，并且更为严重的是，它阻挠农民的解放，毁坏农民的幸福，已成为农村的新的桎梏!……

李芒读得非常激动，声音越来越高。材料在列举了大量事实之后，以简短的一句话结束：

我检举肖万昌……

烟农们不吱一声，只屏住了呼吸听着。

二十二

人们不完全理解那句话的意义，可是有人从此就常常学说那句话了。他们说着，还打趣地哈哈笑着。

肖万昌极为恼火。

一个早上，肖万昌正背着手往大队部走去，路上遇到一群孩子在滚打玻璃球儿玩，就站在一旁看起来。孩子们并没有发现他站在那儿，玩得很用心。他们将玻璃球瞄准了弹击，每逢击中了，就痛快地大喊一声："'我检举肖万昌'！"……肖万昌听着，一下一下地梳理着背头，最后终于忍耐不住，抓住一个小孩子的胳膊就是一拧！小孩子哭起来，旁边的哄一声散去……肖万昌一动不动地盯着抓到手里的孩子，看着他号哭。突然这孩子哭着哭着止住了声音，只是迎着他的目光看过来，紧紧地咬着牙齿。肖万昌竟然觉得不能与他对视，手腕一松，让他跑开了……

这一天大雾。

肖万昌要送小腊子去龙口电厂重新上班了。小腊子玩够了轻骑，也挣了一笔钱，再也不愿做鱼贩子了，但他旷工已经半年多，怕这样去会遇到麻烦，就让爸爸和他一起去。他相信爸爸走到哪里，都是一路绿灯的……他估计得不错。

从电厂回来，肖万昌觉得雾气愈发变浓了。走在田野上，看不见活动的人影，只听见嘈杂的人声。他径直往自己的田里走去，他要催促老獾头父女两人早些编完烟吊子。

一团团的浓雾，像白烟一样在土埂上流动。肖万昌跺着脚，震动着地皮。他一路迈着大步走下来，觉得这两腿真是有力量。他想这全是得益于一种安定的、优越的乡间生活了。没人更多地体味到他那个院子里的好处。他从心里可怜那些城里的中下层干部：过一种清清淡淡、规规矩矩的生活，而且神经老要紧张着！而自己呢？自己就是一个轮子的主人，让它转就转，不让它转，它就纹丝不动……正这样想着，突然听到雾气里传来一种声音："我……检举肖……万昌！……"

这是一种苍老、浑浊，又有些嘶哑的声音。它在雾气里鸣响着，震动着，像是从苍穹里传播下来的一样。

肖万昌打了个寒战。

他咬着牙，蹑手蹑脚地向前走去。他决心要找到这个藏在雾气里呼叫的人，他要看看这个人！

雾气从眼前慢慢退去……他终于看到了一个老头子半蹲半跪地伏在潮湿的泥土上。这个人满头白发，眯着一双长长的眼睛：他的前额上，无数的深皱中，夹着一条发亮的伤疤——他正是老獾头。他的身边堆了小山似的烟叶，一双手像两把黑色的铁钩子，正紧紧地钩住了未完成的一个烟吊子，每编上一束烟叶，他嘴里就这么呼叫一声……

就在肖万昌向自己的烟田里走去时，李芒已经乘车出了县城，又沿着河堤向自己的村庄走来。

他在东方冒红的时候就乘车进城了。在那个大办公室里，他郑重地把一份反复修改核实的材料交给了他们。当时他很激动，所以现在走在河堤上，他已经记不清楚在当时都说了些什么话。他只记得那个人几乎和梁书记同样年轻。临别时，那个人用一种奇怪的眼神看着他，然后伸出手来用力一握……

河道里传来一阵阵的水声。雾气遮住了水流、蒲苇，遮住了一片嫩绿，遮住了河边上壮观的秋色。一切都被雾气搞得单调了，没有生气了。可是这水声，这哗哗的水声，又告诉人们这雾气里，这脚下，正有一条奔流不停的大河。

李芒此刻多想好好看一眼这条河！他还是第一遭从上游的河堤上走下来这么远……家乡的河啊，家乡的一股水流，一股绿色透明的液体！你滋润了海滩小平原，你使一地的庄稼油绿油绿；你不断洗去尘埃，洗去血迹，使小平原美丽而整洁。李芒和小织是踏过你的小桥逃向远方的，傻女大概也是从你的小桥上跑走的；还有老獾头出夫的儿子，一些乡亲，也都是踏弯了小桥，走到更远更远的地方去的；至于李芒的好朋友袁光，是永远地睡在你的怀抱里了……

李芒走着，终于又听到不远处传来的田野里的声音了。他一下子就分辨出这是人们在烟田里劳动的声音。"噗噗"，那是人们在刨烟秸子；"吱吱"，那是烟吊子压着烟架儿发出的声响；"哧哧"，那是烟刀削烟骨；"咚咚"，那是刀子碰撞着割烟垫板……还有呼喊声，叫骂声，男男女女的嬉笑声。李芒听着听着，突然想到了小织：一个娇小而美丽的、略显臃肿却依然机敏的女子，一个非常非常可爱的少妇，正温和地、羞涩地、不亢不卑又略有矜持地走在刨过烟根的疏松的土地上……他不走了，只是伫立在高高的河堤上，久久地张望着传来一片声响的那个方向。

那里是白雾，一片片、一团团的白雾。

他慢慢地掏出了大黑烟斗，先是轻轻一吹，然后装满了烟末，点上吸起来。他在心里说："她是我那个对手的女儿，真漂亮！她能跟了我过日子，可真不容易啊……她什么时候也不会离开我，并且马上会生出一个小孩儿。我早说过，和她在一起就什么也不怕了。现在看这是一点儿也不错。过日子真难，有时老要哭出来；可是只要想想她，一切又都不算什么了！我一定好好去爱护她。我永远爱她，嗯。我一定永远爱她，嗯……"

他长长地吸了一口，把烟末磕掉，然后大步向前走去……